HENRY FIGUEROA

I0621506

LA REVOLUCIÓN DEL SESENTA Y CINCO

LA VERDADERA HISTORIA

PARAÍSO SOÑADO
PUBLICACIONES

La Revolución del Sesenta y Cinco
(La Verdadera Historia)

Primera edición: 2017
D.R. © 2017, Henry Figueroa
Correción: María D. Ramírez

Diagramación y cubierta: Joel Alfaro Hernández

Comentarios sobre la edición y el contenido de este libro
a verdeluz.dr@gmail.com

ISBN: 978-0-9979003-2-3

A los que luchan por un ideal,
hasta lograrlo...

~

Con fe lo imposible soñar
y la estrella alcanzar...
(Sueño Imposible - Don Quijote de la Mancha)

I

¡Esto nada más que me pasa a mí! ... No tengo otra manera de expresar lo que siento, porque hasta ahora, así ha sido toda mi vida. Lo que más me extraña es que cuando la gente se entera de las cosas que me suceden parecen no creerme ante lo inverosímil de mis realidades, sin saber que aunque yo quisiera inventar lo que les cuento, no tendría la capacidad de imaginación que me lo permitiera. Porque mi vida ha sido así ... increíble ... y podemos decir que algunas veces desgraciada, aunque en su mayoría muy afortunada.

Nací en el más remoto campo de Cotuí, en el Cibao de mi país La ciudad vine a conocerla casi de adolescente porque mi familia estaba tan jodía que nunca podíamos salir de nuestra humilde y miserable "casa". La choza, que es en realidad lo que era, estaba enclavada en un pequeño lote de terreno en lo que parecía ser una herencia, quizás no legal, de la familia de mi madre. Allí vivían mis abuelos en su casa, todos los hermanos de mi madre y nosotros, un poco alejados, en viviendas de madera con techo de cana y cartón que se habían ido construyendo con el pasar de los años. Las casitas, si queremos llamarlas así, eran meros techos y paredes exteriores que no incluían ninguna división interior y su piso era de tierra. Obviamente no había ni agua ni electricidad, por lo que nos alumbrábamos con velas y quinqués y el agua la traíamos de una pequeña quebrada que quedaba cerca. Usábamos leña para cocinar o una estufita de kerosén instalado todo en otra precaria estructura, que igual, era básicamente un techo y un fogón. La cocina, por usar un nombre de referencia, era de uso comunitario y usualmente se cocinaba para toda la familia. Como se acostumbraba en estos campos, nuestras necesidades fisiológicas se hacían en el monte o en una vieja letrina que usaba también toda la familia.

Nuestro mundo era muy simple y muy sencillo. Y digo nuestro mundo porque siendo lo único que conocíamos, nos hacía pensar que para todos los demás seres, la vida era igual. Nadie en la familia tenía un trabajo fijo, no porque no quisieran, sino porque sencillamente no lo había. Ocasionalmente caía una chiripita bien fuera en agricultura, o en construcción, o en algún hogar pintando la casa o en lo que fuera. Con esos pequeños ingresos y lo poco que se sembraba en nuestra tierra era que comía toda la familia ... si había y se podía. Si usted quería conocer la miseria y la necesidad, éste era el sitio.

Mis hermanos y mis primos solo fuimos a la escuela los primeros años y principalmente lo hacíamos a ver si comíamos algo en el comedor escolar. Yo aprendía más rápido que los otros y me hubiese gustado mucho haberme quedado en la escuela aprendiendo. De hecho, de toda la familia, yo fui el único que aprendió un poco a leer y a escribir y algo rudimentario de aritmética. Pero con la miseria que vivíamos y las necesidades que pasábamos, ¿quién iba a pensar en seguir estudiando?

De lo que pasaba en el país y mucho menos en el mundo no se sabía nada. Nuevamente, nuestra vida era muy simple y muy sencilla y los temas de conversación en las reuniones familiares que se daban todos los días a la hora de la comida, giraban en torno a trivialidades … las mismas día tras día … hasta que un día, y siendo yo todavía un niño, llegó a nuestra casa y a nuestra comunidad la noticia más grande e importante de las que yo pudiera recordar … ¡unos desgraciados habían matado al "Jefe"!

La noticia fue el acabose y todo el mundo se tiró a la calle a llorar al mencionado "Jefe". Para mí como si nada, porque yo no sabía quién carajo era el "Jefe" y obviamente deduje que era algún pariente poderoso, que sin saberlo yo, teníamos nosotros. Todo fue llanto, luto y lamentaciones. Tardé muchos años en averiguar quién carajo era el jodio "Jefe" que tanto sufrimiento causó a mi familia y a toda la comunidad. También tardé todavía más años en averiguar porqué el hombre era el "Jefe" y como era posible que se llorara a ese desgraciado. Pero así es la vida y así somos, como si nos gustara que nos maltrataran. Lo peor de todo es, que después de tantos años y de tanta historia, todavía tenga presencia en mi querido país, el espíritu de ese tirano hijo de puta, rondando nuestras vidas.

Después del acontecimiento, y nuevamente; el luto, los llantos, y las lamentaciones, todo parecía seguir igual. La misma miseria, la misma hambre, la misma ignorancia, y sobre todo la misma incapacidad e impotencia en buscarnos todos una vida mejor. ¡Qué poco yo sabía y que poco entendía la desgracia de mi país y de mi gente! ¡Qué muchos años pasarían para poder asimilar un poco el por qué somos como somos!

Y así las cosas el tiempo pasaba, pero la vida seguía igual, sin ningún cambio ... miseria, hambre, necesidad y aburrimiento, como si eso fuera todo lo que se pudiera esperar de la vida y estuviéramos conformes con lo que ocurría. Yo no entendía absolutamente nada de cómo se debería sentar uno a esperar la muerte en esta circunstancia ... Y no lo acepté ... así pues, me propuse averiguar cómo se vivía en otros lugares y cómo podía haber una vida mejor.

～

Pasaron dos o tres años hasta que cumplí los quince. Entonces decidí que el tiempo había llegado de buscar una mejor manera de vivir y de conocer lo que nunca conocería en mi campo y con mi familia. Le expresé a mis padres mi decisión y ellos estuvieron de acuerdo de que partiera a buscar fortuna. Parecería a primera vista que yo no les importaba, pero esa no era la realidad, sino que yéndome, yo era una boca menos que alimentar ante una necesidad innegable de falta de recursos. Con su bendición y unas pocas monedas que me dieron arranqué para la capital. Yo iba más asustado que "cucaracha en baile de gallina", pero había tomado mi decisión y no me iba a quedar esperando la muerte en Cotuí.

No sabía lo que me esperaba y mucho menos lo que me iba a encontrar, y cuando llegué a la ciudad de lo primero que me dí cuenta fue de que verdaderamente yo era un campesino. Jamás en mi vida yo había visto un edificio, ni calles, ni prácticamente nunca, flujo vehicular. La cantidad de personas, el ruido y el desorden me abrumaban. Salvo los familiares que vivíamos en nuestra tierra, en el campo no teníamos vecinos en todo alrededor. Aquí el hacinamiento residencial contrastaba grandemente con lo que yo conocía y estaba acostumbrado ... Y así comenzó mi verdadera historia ...

~

Lo primero que tuve que hacer, ahora al estar por mi cuenta en la capital, fue buscar un trabajo; el que fuera, y un lugar donde dormir. Entonces haciendo un reconocimiento de mi nuevo ambiente me fijé que en los pocos proyectos de construcción que se veían, muchos de sus obreros aparentemente vivían en la misma obra. Si yo consiguiera un trabajito así, tendría dónde dormir y a su vez me ganaría un par de pesos para mis gastos y ver si podía enviarle algo a los viejos. ¡Coño, qué fácil se me iba a hacer todo!

Decidí entrar en uno con el propósito de solicitar

empleo. Para mi sorpresa me contrataron de inmediato en lo que consideré un buen negocio para mí. Me dejarían dormir junto a los otros empleados en una caseta que había en el mismo proyecto y me pagarían un salario que me daba escasamente para comer. Pero era mejor que nada y en este momento tenía que aceptar lo que fuera. El trabajo era muy duro, de seis de la mañana a seis de la tarde. Yo era el obrero menos diestro que había y tenía asignado todas aquellas labores humillantes que los demás no querían hacer; pero fui el último en llegar y no me podía quejar, además era joven y todavía el cuerpo aguantaba todo.

Dormía en el piso en un cartón que al menos era de mi tamaño. Los demás dormían en las mismas condiciones, así que no me quejaba. Nos servíamos agua de la misma que se usaba para la construcción en unos recipientes plásticos y con éso nos aseábamos. Los domingos podíamos lavar la poca ropa que teníamos y algunos de los compañeros salían a emborracharse y a divertirse en nuestro único día libre. Yo no los acompañaba; primero porque era un campesino que nunca había estado expuesto a eso de beber y estar con mujeres y además prefería guardar el poco dinerito que me sobraba con el propósito de ayudar a mi familia o a lo mejor para usarlo si me surgiera alguna necesidad. No me quejaba, pero no estaba conforme ... pensaba que tenía capacidad para algo mejor y no me iba a conformar con lo que hacía. Una vez reuniera un poco más de dinero y conociera un poco más el vecindario, entonces buscaría algo mejor.

No fue mucho el tiempo que pasó cuando un día me enteré que la farmacia que quedaba cerca del proyecto donde trabajaba buscaba un empleado para hacer entregas y limpieza del local. Ése mismo día, una vez terminada mi jornada de trabajo, me bañé y me puse mi única muda limpia de ropa y para allá salí. Le informé a la dueña que había estudiado hasta tercer grado, que sabía leer y escribir y un poco de aritmética. Con ese resumé yo me creía un diplomado, pero de algo me sirvió porque me emplearon. Con el poco dinero que tenía me compré un pantalón, una camisa y unos zapatos nuevos y me creí que había llegado a la cima. Aquí estaba mejor; dormía en un cuartito dentro de la misma farmacia, tenía acceso a un baño y agua corriente y me vestía decentemente todos los días. ¡Mis días de éxito habían comenzado!

Y no solo fueron mejores mis condiciones de vida con mi nuevo empleo, sino que empecé a conocer lo que ocurría en el país y la relación con el mundo entero. Uno de los primeros objetos que compré con el dinerito que me iba ganando fue un pequeño radio de baterías con el cual escuchaba temprano en las noches las noticias de lo que ocurría sobre todo en mi país. Esas noticias me expusieron a los distintos movimientos políticos y sociales que ocurrían a mi alrededor y que nunca antes había escuchado. Mis deseos de aprender se iban acrecentando y un buen día me dí cuenta de que me pasaba gran parte del día compartiendo noticias y acontecimientos de la nación con mis patronos. Ellos siempre respetaron mis comentarios y de seguro les impresionaba el ver que con la poca escolaridad que yo tenía, pudiese comentar sobre esos acontecimientos. Obviamente nunca les confesé mi afición por escuchar en la radio las noticias y aprender de ellas.

Me surgió un gran interés por entender de política o por al menos saber cómo nos gobernaban; y entre la radio, mis patronos y algunos clientes que iban a la farmacia y discutían con los jefes del acontecer diario, averigüe qué hacía solo meses se había elegido democráticamente por primera vez en el país a un presidente de nombre Prof. Juan Bosch. El profesor había comenzado con una serie de reformas sociales novedosas que contrastaban grandemente con la manera de gobernar y de imponer justicia a la cual el "Jefe" nos había acostumbrado y que era lo único que muchos conocíamos. Mi querido país aparentaba dirigirse por un sendero de justicia y progreso que diferenciaba por mucho de la miseria y desgracia que todos conocíamos.

Pero dicen por ahí "que lo bueno no dura para siempre" y así las cosas algunos meses después de su elección y cuando el país aparentaba encaminarse por la ruta del progreso, al profesor lo derrocaron como consecuencia de un golpe de estado. Muchas han sido las especulaciones en torno al derrocamiento, pero lo cierto es, que el país caía en otra nueva crisis de dirección que entorpecería nuestro desarrollo.

~

Eran tiempos de gran convulsión mundial donde los movimientos de extrema izquierda eran la orden del día. Cualquier cosa que tuviera al menos un aroma liberal era suficiente para que los gringos metieran las narices y a través de sus embajadas muy delicadamente decidieran el rumbo que el país en cuestión iba a tomar. Nosotros no éramos la excepción y por esa acción impuesta por los *yankees* nunca sabremos que hubiese sido de nuestro país si se le hubiera dado la oportunidad al profesor de seguir con sus reformas y proyectos.

El desorden institucional y comunitario empezó a cobrar vida y cada día se ponía más difícil el diario vivir. Vivíamos "*de facto*" en una anarquía que evitaba que el país se encaminara en alguna dirección fija, no importa la que fuera. Los movimientos radicales y de protesta se incrementaban exigiendo precisamente una definición de país. Y en todo esto yo en el medio preguntándome "que quien carajo me habría dicho que dejara el campo para venir a joderme a la capital". Nuevamente tengo que enfatizar que "esto nada más que me pasa a mí".

Algo que era muy extraño en esta crisis que vivíamos como nación, es el que la gran mayoría de la población del país estaba ajena a lo que ocurría. Yo me imagino que si yo estuviera todavía en el remoto campo de Cotuí con toda probabilidad yo sería uno de esos, porque allí no llegaban las noticias y peor aún, si llegaban, no se entendían. Por esa razón el futuro de nuestro país se decidía por unos pocos, muchos de los cuales lo menos que tenían era un interés genuino por el bienestar de los habitantes y sí por agendas personales, sobre todo económicas, buscando su beneficio como si el país fuera su finca privada. ¡Coño, no acabábamos de aprender!

El desasosiego y la incertidumbre eran la orden del día y el país era dirigido por funcionarios de pacotilla que servían de títeres de los americanos en lo que éstos buscaban al que ellos pondrían al mando de la nación. La vida productiva del país estaba detenida y se sentía en el ambiente el deseo de la población de hacer algo, pero a su vez, la incapacidad de hacerlo. Pero nuevamente demostramos que somos un país valiente y que no nos acobarda el enemigo grande, y así las cosas se fue gestando entre un grupo nutrido de abnegados patriotas una resistencia organizada que lucharía por nuestra libertad.

Las manifestaciones de protesta y combate se empezaron a dejar sentir. El llamado gobierno existente no era otra cosa que una turba de militares impuestos por otros y que se hacían llamar los oficialistas. Por otro lado estaban los constitucionalistas que luchaban porque se respetaran las decisiones del pueblo ejercidas democráticamente para traer como correspondía al profesor Bosch nuevamente a la presidencia. Algo no entendía yo, porque me hacía mucho sentido el planteamiento de los constitucionalistas y no podía comprender cómo el pueblo no reclamaba lo que le correspondía y aceptaba lo que le imponían. Y entonces comenzó lo inevitable, *la revolución del sesenta y cinco*.

La llamada revolución ciertamente tenía visos de guerra civil, que no iba a ser otra cosa que una lucha fraticida donde en última instancia morirían muchos hermanos … muertos por otros hermanos. En mi ignorancia en aquella época, se me hacía muy difícil aceptar esa realidad. Yo estoy seguro de que en Cotuí posiblemente no se tenía idea de lo que ocurría en el país y yo aquí en la capital, por cosas del destino, metido en el mismo medio de lo que para mí era una guerra de grandes proporciones. Con el pasar de los años comprendí que esa *revolución del sesenta y cinco* ha sido el acto patriótico y de más valentía y coraje de los que han ocurrido en mí pais.

¡Coño, que suerte la mía! Yo buscando fortuna y encaminándome en la vida y me tiene que pasar ésto. Comenzaba a coger un poco de roce en la capital y a educarme un poco en un ambiente que promovía mi mejoramiento y entonces se tiene que joder todo, por culpa de unos cabrones que no les importaba el bienestar colectivo, sino solamente el personal.

La "guerra" comenzó entre hermanos dominicanos no importa la tendencia de cada cual. Era una guerra donde los oficialistas tenían las armas y el poder, pero los constitucionalistas tenían la razón y por qué no decirlo, … los cojones. Y así las cosas. comandados por el Coronel Francisco Alberto Caamaño Deñó, David se empezó a comer a Goliat. Como buenos hijos de esta patria, los de Caamaño no daban un paso atrás y daban el todo por la justicia y la libertad. Ya yo tenía la edad para participar defendiendo el bando constitucionalista pero no lo hice; por el contrario me convertí en espectador, como un nutrido grupo de dominicanos que pensábamos que eso le correspondía a otros. Según pasó el tiempo y ví las consecuencias de esa guerra civil, me dí cuenta de que ése fue un gran error de mi parte y que debí haber luchado por el rescate de mi patria. Eso lo sé ahora, pero no lo pensé en aquel entonces ... Y cuando todo parecía indicar que volveríamos a ser racionales y que la voluntad del pueblo se iba a hacer respetar, ocurrió el estropicio ... los gringos desembarcaron y todo fue joderse. Sin piedad y sin razón liquidaron a nuestro pueblo de tal manera que nunca jamás nos hemos repuesto de ese abuso. Y fueron tan hijos de puta, que después de haber negociado el Coronel Caamaño un acuerdo con el embajador americano que evitaría más la pérdida de vidas entre los hijos de esta patria, este buen señor nos traicionó y liquidó a los patriotas que derramaron su sangre por el bienestar de esta nación. ¡Hijo de puta! siempre la misma historia.

Y ése desgraciadamente fue el desenlace de ésta *revolución del sesenta y cinco*, y como premio, los americanos nos regalaron el volver al Trujillismo, pero ésta vez con uno peor que el "Jefe".

Me costaba trabajo creer el rumbo que cogió mi vida. Quise tener una mejor vida, sobre todo, una honesta y decente. Mis sueños de trabajar por mi y mi familia se vieron tronchados; quise estudiar y hacerme un hombre de bien en el país que me vió nacer, pero al igual que con el gobierno del profesor Bosch, nunca se sabrá que hubiese sido de mi vida en mi intento de hacer realidad mis sueños en mi propia tierra. Pero la condición política en el país y los augurios del gobierno que nos esperaba hizo que decidiera huir, como hicieron cientos, y porqué no decir miles de compatriotas, de una injusticia que yo no quería aceptar.

Fueron muchos los muertos y muchas las víctimas de esta *revolución del sesenta y cinco* … y entre ellos, yo, que al decidir abandonar a mi patria, me jugaba el futuro de mi vida de una manera que no era la que yo había planificado y que ambicionaba.

~

Saldría del país y el único lugar donde podía ir era a Puerto Rico, como hacían ya muchos compatriotas que dejaban nuestra patria para buscar fortuna. Obviamente yo no tenía documentos migratorios para establecerme en la isla hermana y mis posibilidades de conseguirlas eran nulas. ¡Quién le iba a dar una visa a un infeliz como yo que prácticamente no sabía leer ni escribir! Me vi obligado a hacer algo que iba en contra de mis principios de honestidad, pero no se me brindaban alternativas. Tendría que irme en yola sin saber tan siquiera lo que eso significaba.

A través de un conocido de la dueña de la farmacia donde trabajaba, conseguí viaje para la isla. El que lo organizaba era un personaje sin ningún sentido humano y lo único que le interesaba era el dinero de los infelices hermanos dominicanos, que como yo, tenían que dejar su patria más por necesidad que otra cosa. Los viajes ilegales se habían convertido en un buen negocio económico para muchos compatriotas que no sentían el más mínimo respeto por la desgracia de sus hermanos. En ese entonces el viaje costaba mil dólares ... una fortuna. Recogí todos mis ahorros y lo poco que me faltó me lo dieron los patronos de la farmacia. Ellos me habían cogido un cierto cariño y aunque no estaban muy seguros de que mi decisión era la correcta, aún así decidieron ayudarme. Yo estaba más asustado que el carajo, pero ya no me podía echar para atrás; solo contaba con Dios para que me ayudara ... el resto iba a depender de mí.

II

Hice de prisa los pocos arreglos que debía hacer para mi viaje. A nadie le notifiqué de mis planes, salvo a los patronos de la farmacia que fueron quienes me ayudaron con el contacto del viaje y con el dinero que me faltaba para completar el pago. A mis padres, ni a ningún otro miembro de mi familia les comuniqué lo que me proponía, sobre todo, porque yo no estaba muy seguro de que mi decisión era la correcta y no les quería causar esa angustia de verme haciendo algo ilegal.

La planificación de la salida estaba rodeada de un manto de misterio que me ponía un poco nervioso. Todo se hacía a escondidas y con muy pocas palabras. Yo sabía que mi entrada en territorio americano a través de Puerto Rico era ilegal, lo que no me imaginaba era que el viaje lo era más todavía y de que si nos cogían en el mismo, la violación de ley por el viaje era mayor que la entrada ilegal a la isla y el rompimiento de las reglamentaciones migratorias americanas. Yo no entendía nada, porque para mi, el viaje era corto y como un negocio serio y establecido ... ¡Qué ignorante era y qué equivocado estaba! Y una de las cosas que más nervioso me ponía, es que toda la comunicación e instrucciones entre el agente y yo, eran como en una especie de clave que en muchas ocasiones yo no comprendía. Finalmente lo único que quedó claro fue el día del viaje y la hora a la que me recogerían en la farmacia; tres de la tarde. Debería llevar única y exclusivamente la ropa que llevara puesta y ninguna identificación. Ésto me seguía pareciendo muy extraño pero ya no me podía salir, porque la primera advertencia que se me había hecho por parte del agente es que si me rajaba, el dinero no se devolvía y yo no estaba dispuesto a perder los pocos ahorros que tenía. ¡A Dios que reparta suerte; él nunca me ha fallado!

Finalmente llegó el día del viaje. La noche antes no pude dormir nada por el nerviosismo que sentía. Figuré no obstante, que si el viaje era de noche, tendría mucho tiempo para dormir y descansar durante el mismo. ¡Coño, qué ingenuo, qué idiota y qué pendejo era yo entonces! no me canso de repetirlo ... Durante el día no comí nada según las instrucciones que había recibido; nuevamente, ésto también era algo que yo no entendía, porque pensaba que deberíamos ir con algo en el estómago por si ocurría algún contratiempo y el viaje se extendía, ¡a no ser que nos fueran a dar comida durante la travesía! Nuevamente, ¡que pendejo! Obviamente, más tarde durante la viaje entendí la razón de esta instrucción de no comer nada.

El tiempo pasaba lentamente, cómo si fuera una señal de que lo pensara nuevamente hasta estar seguro de lo que realmente quería y esperaba. Pero la decisión ya estaba tomada y no había vuelta atrás. Me bañe temprano y me vestí con mis mejores galas ... ¿Sería yo el único que no sabía lo que era un viaje en yola y a lo que me enfrentaría? Parece que sí ...

A las tres en punto de la tarde llegó una furgoneta a buscarme. Me despedí de los patronos con algunas lágrimas en los ojos y partí. Si eran así de puntuales, entonces deduje que la compañía de transporte que me llevaría a Puerto Rico era seria y el viaje sería un éxito. Pregunté por el agente con quien yo había hecho todos mis arreglos, pensando inclusive que él nos acompañaría en la travesía. El chofer, con cara de pocos amigos, solo me informó que él lo único que sabía era que tenía que recoger a veinte personas para llevarnos a Miches que era el "puerto" de donde saldríamos y que no le preguntara, ni lo jodiera más durante el viaje en la furgoneta que duraría alrededor de cuatro horas. Si éramos veinte personas pensé que entonces eran varias las unidades de transporte las que nos llevarían a Miches y que yo había tenido la mala leche de viajar con un chofer que ciertamente no tenía nada de agradable. Nuevamente ... ¡Qué pendejo yo era!

Estuvimos recogiendo pasajeros por alrededor de una hora más por barrios que yo no conocía, ni me hubiese atrevido a conocer y fueron varias las cosas que me llamaron la atención: primero, los veinte pasajeros íbamos como sardina en lata en una sola furgoneta; segundo, los pasajeros iban todos tirados en su manera de vestir, contrario a mi, que llevaba puesto lo mejor que tenía y tercero, que todos iban tranquilos, posiblemente porque ya habían hecho el viaje o porque ya antes alguien los había orientado al respecto. Yo me estaba muriendo del miedo. Como dato curioso, la mitad de los pasajeros eran mujeres que igual, iban todas tirada y sin arreglar.

En las cuatro horas que duró el viaje a Miches fue muy poco lo que se habló en el vehículo. El camino no fue el mejor y en muchos tramos la carretera estaba en muy malas condiciones. Yo me preguntaba ingenuamente el por qué, si íbamos todos a hacer un viaje juntos, no se hacía un esfuerzo por establecer una relación cordial entre todos para hacer más llevadero el mismo. La tensión en el grupo me aterraba y empecé a cuestionarme, ¿qué carajo hacía yo ahí?, rodeado de gente que definitivamente no compartía mis intereses y cuya razón del viaje definitivamente era distinto al mío. Pero nuevamente, ya no me podía echar para atrás y tenía que seguir con mis planes. Y entonces cuando yo pensaba que no habría más sorpresas fue cuando en realidad comenzaron.

∿

Llegamos al lugar donde embarcaríamos luego de transitar por casi una hora por lugares muy solitarios por donde no se veía ni un alma. Cual no sería mi sorpresa cuando al llegar finalmente al embarcadero descubrí que además del grupo de nuestra furgoneta había como tres grupos adicionales de pasajeros similares al nuestro, con la misma cantidad de personas cada uno. Diría que en total éramos como setenta u ochenta personas; pero lo que me llamaba más la atención es que no veía la embarcación donde yo pensaba que iríamos una cantidad tan sustancial de pasajeros como éramos nosotros.

Allí no había muelle ni un carajo, lo que sí había era una oscuridad que no nos veíamos ni nosotros mismos y una yola de pesca que me imaginé que pertenecía a algún pescador del área. ¡Qué equivocado estaba! La yola que yo asumía era de pesca en realidad era la embarcación que nos transportaría a Puerto Rico. ¿Cómo carajo nos pensaban montar a todos en esa embarcación? … estábamos por averiguarlo. Ahora más que nunca rogaba yo, que solo con la ayuda de Dios, podríamos hacer el viaje y llegar a nuestro destino. En ése momento admití para mí mismo mi desgracia y mi equivocación. Ésto era tan malo como la jodia *revolución del sesenta y cinco* que me obligó a tomar esta decisión y que no era otra cosa que igual, hermanos jodiendo a hermanos. Porque hay que tener poca compasión y mucha mala fe, para abusar de la necesidad de un compatriota y tirarnos por esos mares desconocidos donde un gran grupo de los que lo intentamos nunca llegaríamos a nuestro destino. Según se desarrollaba todo, más me convencía yo de mi mala decisión.

Comenzamos a abordar y acomodarnos en esta frágil yola. Aquí sí que íbamos como sardina en lata, aún más que en la furgoneta que nos trajo aquí. Nos sentamos en precarios bancos de madera de una manera que casi no nos podíamos ni mover. Lo peor para mi fue cuando uno de los pasajeros comentó que el viaje duraría más de doce horas por lo cual deberíamos dejar un espacio para ocasionalmente levantarnos y estirarnos un poco. ¡Y yo pensando en que iba a dormir y descansar y que hasta comida a lo mejor nos daban! ¡Qué ignorante yo y muchos de los que aquí estábamos!

Una vez estábamos "acomodados" llegó el capitán. El tipo era joven, tenía aspecto de delincuente (Dios que me perdone) y estaba más borracho que el carajo. Y en retrospectiva, yo me imagino que esa es la única manera que se puede hacer este viaje, porque una vez vi al capitán, caí en cuenta que la gran mayoría de los pasajeros iban en su misma condición.

La variedad en el aspecto de los viajeros era notable. Como les había comentado, la mitad de los compañeros eran mujeres y todos los distintos tipos de personas estaban representados en este grupo. Los había blancos, negros e indiecitos; jóvenes y viejos; había par de mujeres preñadas y también algunos niños. Cuando amanezca se podrá tener una mejor idea de la verdadera composición del grupo, pero para eso todavía faltaba mucho ... Lo que sí teníamos todos en común era la necesidad de huir de nuestro querido país no importa por la razón que fuera. Y así las cosas comenzamos nuestra travesía y nuestro martirio ... ¡que nos ayude Dios!

~

A los pocos minutos de navegación ya yo sabía lo que me esperaba en el infierno, si es que ahí era a donde yo iba a ir en la otra vida. La yola empezó a moverse que parecía una batidora, y eso que aún estábamos en aguas protegidas. No pasaron diez minutos y empezaron los jodios vómitos a joder la cosa, sobre todo entre las mujeres que nos acompañaban. Ahora sé por qué recomendaban no comer nada y por qué la gente iba con ropa cualquiera; y lo peor de todo es que se vomitaban encima porque no había manera de moverse a la borda a hacer las necesidades. Todavía se veía claramente la costa y ya estábamos todos llenos de vómitos … los nuestros y los ajenos. ¡Coño y con lo mucho que me jode a mi estar sucio! … "¡Yo quiero regresar!" grité desesperadamente, sólo para ver que me miraron como si yo no existiera y con todo el desprecio del mundo, porque en última instancia mi razón de viajar a Puerto Rico era muy distinta a la de los que me acompañaban, donde para ellos, esta era su única solución de vida.

El mareo, la debilidad, los vómitos y la desesperación fueron haciendo que decayera la excitación de los viajeros. Un minuto que pasaba era una eternidad y lo mejor era que no sabíamos lo que nos esperaba … y después de este preámbulo, yo esperaba lo peor.

~

Vimos tierra, todavía sin amanecer y para los que éramos primerizos esto fue una esperanza. Era Isla de

Mona; nuevamente una decepción para mí, pensando que ya estábamos en Puerto Rico. El silencio era sepulcral, posiblemente por nuestra desgracia.

Al llegar a Isla de Mona ya llevábamos seis horas de travesía y nos faltaba más o menos el mismo tiempo. Todavía no había indicios del amanecer y en este momento ocurrió algo muy desgraciado y bochornoso para mi ... me dieron unas ganas incontenibles de hacer una necesidad ... ¡ahora si que se jodió esto!, pensé yo. Cierto es que estábamos todos llenos de vómito; propio y ajeno, además las olas habían invadido la embarcación y estábamos mojados como pollitos. Algunos se habían meado encima, sobre todo mujeres y había otros que ya habían pasado por lo que yo experimentaba ahora y meramente no pudieron aguantar y se hicieron su necesidad encima. Pero de ahí a tener que cagarme encima yo, iba un largo trecho. Le pedí piedad a Dios y que me diera la oportunidad de llegar al menos a la orilla y poder tirarme al agua para que mi vergüenza fuera menor. Pero no sucedió así y los retortijones cada vez eran más fuertes y más frecuentes. Una mujer de las que estaban sentadas cerca de mí, aparentemente vió mi cara de angustia y yo me imagino que en ese momento no era muy difícil adivinar lo que me pasaba. Se movió a mi lado y trató de consolarme y me hizo saber que eran muchos los que ya antes que yo, en el transcurso de la noche, habían sentido lo mismo y habían tenido que hacerse la necesidad allí mismo. Me instó a que resolviera, porque aquí todos estábamos en lo mismo y nadie se podía quejar. No fue mucho lo que tuvo que convencerme la joven porque la realidad es que ya yo no podía más. Y así las cosas me tuve que cagar encima como muchos ya lo habían hecho, no por eso sintiéndome bien y como si nada hubiese pasado. La vergüenza me mataba, pero era poco lo que podía hacer.

Empezó a amanecer. El aspecto de los pasajeros era deprimente ... la peste y la suciedad era notable y ya algunos de los pasajeros empezaban a dar muestras de deshidratación y desmayo. Algunos empezamos a orar, incluyéndome a mí que nunca lo había hecho en mi vida ... pero jamás, inclusive en la *revolución del sesenta y cinco* había visto yo la muerte y la desgracia tan de cerca. El ánimo del grupo estaba en cero y honestamente creo que muchos pensaron que no íbamos a llegar. La orilla de Puerto Rico se empezó a ver como en un par de horas después, pero la misma lo que parecía es que se alejaba cada vez más. Intenté traer un poco de esperanza a los viajeros con palabras motivadoras, pero no creo que lo logré. El ambiente era de tragedia y de desesperación, estábamos realmente en un periodo de sobrevivencia. Yo pensé en lo peor y en un momento, ví la película de mi vida que me pasó por el lado. Desafortunadamente no era mucho lo que mostraba por lo cual me propuse entonces a que yo no me iba a rendir.

La joven que se me había sentado al lado cuando el dolor de barriga, permanecía sentada ahí. Ahora con la luz del amanecer pude fijarme detenidamente en ella y me dí cuenta de que era joven, más que yo; que ya no tenía buen semblante a consecuencia del cansancio y la deshidratación y que aún así era bella. Me pasó algo que al día de hoy no le he encontrado nunca explicación y es que aún con nuestro sufrimiento, nuestra desgracia y con lo cerca que estábamos de la muerte, al ver la belleza de esta mujer, me deslumbré y tuve una erección que creía haber roto mi único pantalón … Entonces me tocaba ahora a mi consolarla y animarla a no darse por vencida.

~

Por primera vez habló el "capitán". Muy brevemente dijo que en poco tiempo llegaríamos a tierra, posiblemente por el pueblo de Rincón y que si llegábamos por donde debíamos, con toda probabilidad habría transportación para sacarnos de allí, antes de que llegaran los agentes de migración que patrullaban toda esa área.

El ánimo subió un poco, aunque la realidad es que la condición física de los pasajeros era no menos que crítica. Yo me afané en animar y ayudar a la muchacha de mi lado porque por primera vez en mi vida me sentí atraído por una mujer de una manera que yo no conocía. Coño y en ese momento se sintió un grito desesperado que jamás he podido olvidar. Una de las mujeres del grupo, parece que por deshidratación o por ataque cardíaco producto de esta inhumanidad, había fallecido. Hubo desesperación colectiva y por un momento pensé que iba a surgir un motín. Como pude, intenté mantener la calma entre los viajeros. Les hablé de lo poco que nos faltaba y de cómo todos podríamos rehacer nuestras vidas y lograr nuestros sueños una vez llegáramos. Eso ayudó en algo porque en última instancia, ése era el propósito del viaje. Entonces nuevamente de una manera que jamás yo he podido olvidar, meramente cogieron a la difunta y la lanzaron al mar.

Pasaron las horas más largas de mi vida, pero efectivamente llegábamos a la orilla. Era aún temprano en la mañana y no se veía a nadie en la playa. En ese lapso de tiempo en lo que llegamos a tierra pude compartir con la joven de mi lado y me consolé pensando que al menos el conocer a la muchacha había hecho que el viaje valiera la pena. Ella intentaba llegar a casa de una hermana en un lugar de la capital que llamaban Barrio Obrero y del cual yo no tenía ni remota idea de lo que era, ni dónde quedaba. Pero al menos ya tenía una referencia de donde la iría a buscar una vez me encaminara.

El capitán encalló la embarcación en la orilla y antes de que yo me diera cuenta todo el mundo saltó al agua y comenzaron a correr hacia tierra como dementes. No tuve otro remedio que hacer lo mismo, no sin antes de despedirme de mi compañera de viaje y de indicarle que algún día pronto, la iría a buscar. Entre el miedo que sentía y la falta de experiencia que tenía con relaciones con mujeres obvie lo más importante y que por mucho tiempo lamenté ... preguntarle su nombre.

Algunos tenían gente esperándolos en tierra y otros cogieron transporte público que igual esperaba en tierra a aquellos que no tuvieran medios de transportación y que bajo esas circunstancias pagarían lo que fuera por salir de allí antes de que llegaran los Federales. Ciertamente éste era un negocio mucho más organizado de lo que yo creía y aparentemente yo era el único pendejo en todo el grupo que no sabía cómo se manejaba esto. De momento yo me ví solo, en un lugar que no conocía, sucio, cagado y sin un centavo encima. Maldije la hora en que dejé mi país y toda la desgracia a la que había estado expuesto. ¡Qué triste y qué trágico es verse en estas circunstancias, sobre todo viendo la poca compasión que pueden mostrar compatriotas hacia la desgracia y necesidad de los que llevan también su sangre! Pero ese sentimiento de desolación lejos de desanimarme lo que tuvo fue un efecto adverso que me llenó de ánimo y esperanza. ¡Yo iba a salir hacia adelante! Y así las cosas llegó en ese momento una camioneta donde el chofer obviamente no tuvo ninguna dificultad en identificarme como viajero ilegal que acababa de llegar de la república.

El hombre vino hacia mí y sin ninguna introducción me ofreció trabajo. ¡Coño, a la verdad que este país es una maravilla!, nadie me conoce, ni saben quién soy ¡y me vienen a buscar para trabajar! Yo acepte sin tan siquiera preguntar cuál era el trabajo, solo le comenté que yo era joven y fuerte y que estaba dispuesto a lo que fuera.

En el camino el hombre me dió más información.

Iríamos a un pueblo agrícola de nombre Adjuntas en el centro de la isla. Me necesitaba como recogedor de café y me comentó que eran varios los dominicanos que llegaron en mis mismas condiciones y trabajaban o trabajaron antes con él. De todos habló bien por su laboriosidad y comportamiento. Me advirtió que el trabajo era duro pero que por mi juventud y fortaleza él estaba seguro de que yo saldría bien .,, Y para Adjuntas me fui, lleno de esperanzas, con mucha sed y hambre y sobre todo con un deseo de asearme y dormir para reponerme del viaje y del sufrimiento. Tenía que poner todas mis cosas en orden ya que el giro que acababa de tomar mi vida nunca me lo hubiera imaginado. Que ingenuo somos los que salimos del campo a buscar una vida mejor, pensando que todo el mundo es bueno y quieren ayudar a los semejantes ... Que triste estrellarse por pensar así.

III

Me sentía muy abochornado con mi apariencia y miserable por mi situación en el trayecto de Rincón a Adjuntas. Montarse en un vehículo ajeno con alguien que uno acaba de conocer después de haberse hecho uno sus necesidades encima y estando lleno de vómito de pies a cabeza no es ciertamente agradable, sobre todo si esa persona es ahora tu patrono también. Por eso y por el cansancio que ya no aguantaba, prácticamente ni hablé durante el viaje. Mi aspecto era deplorable y la peste que tenía encima ni yo mismo la resistía. Me parece que muchos de los que llegan en situaciones similares a la mía lo hacen en estas mismas condiciones, porque el hombre que me recogió afortunadamente no mostró rechazo ni sorpresa.

El viaje duró cuatro horas en carreteras buenas pero de muchas cuestas y curvas. En otro momento éste camino me hubiera hecho vomitar hasta verme las tripas, pero afortunadamente ya no quedaba nada que devolver. Ya empezaba a atardecer y el hambre que yo tenía me estaba matando. Pero aún cuando el nuevo patrono en varias ocasiones me ofreció parar a comer algo, no lo acepté porque lo que más quería yo era llegar a asearme y limpiarme de toda la porquería que me cubría. Los términos del trabajo me los fue diciendo en el camino. Otra vez más, me veía obligado a aceptar lo que me ofrecieran porque no tenía alternativa. Sin embargo, a mi me parecía bien. Me daban un lugar para vivir junto a los otros obreros y me pagaban por café recogido, no por hora ni por día. Además tenía las tres comidas diarias cubiertas, aunque de una manera modesta, pero adecuada.

Finalmente llegamos a la finca donde trabajaría y en ese momento sentí que llegaba al cielo. Le dí gracias a Dios ... Después de todo lo que había pasado durante el día entero, llegar a un lugar seguro y cómodo no tenía precio en ese instante. Lo único que deseaba era bañarme y librarme de toda esta mugre que me arropaba y de la peste que tenía. Me llevaron al barracón donde viviría y siendo ya casi el anochecer, los otros obreros que allí vivían y trabajaban se encontraban en el lugar. Se me hizo fácil sentirme en casa, todos los que se encontraban ya listos para descansar eran dominicanos y todos habían llegado igual que yo.

Las facilidades donde dormiría consistían de un gran salón de madera con techo de cinc y muy buena ventilación. Las camas eran individuales y tenían un buen colchón y almohada, además de una buena frazada caliente que a esta hora ya se veía que iba a hacer falta. El lugar estaba muy limpio y tenía buen olor. Cerca de los dormitorios otro salón más pequeño servía de comedor, cocina y se usaba también para reunirse a conversar una vez terminaba la comida. No había televisión ni otro entretenimiento porque la idea era acostarse temprano. Entre el dormitorio y el comedor había un amplio lugar de baños con buenas facilidades de aseo y sanitarias.

El patrono me llevó al área de las duchas y allí también me señaló donde estaba la ropa. La misma estaba clasificada por tamaños y era una especie de ropa de trabajo similar a unos mamelucos. También había ropa interior y zapatos de trabajo. En el baño había jabón, toallas y los servicios sanitarios estaban limpios. Me indicó que una vez terminara de bañarme fuera al comedor que se me había guardado algo de comida para que no me acostara con la barriga vacía y también en un gesto que yo consideré loable me dijo que descansara el día de mañana y no fuera a trabajar. ¡Coño, este país es una maravilla, en situaciones similares a ésta, ¿cómo me hubieran tratado en mi propio país?!

Me bañé y comí. Por suerte había calentador de agua porque con el frío que ya se sentía,   ni el diablo se bañaba ahí. La ropa con la cual yo había hecho el viaje y que yo consideraba buena, la deje en agua remojando con el propósito de lavarla el domingo y tenerla lista para cualquier eventualidad. Al llegar al dormitorio aún siendo temprano todavía, ya los compatriotas estaban todos durmiendo. Después de todo, se tenían que levantar a las cuatro de la mañana a desayunar para ya estar laborando a las cinco que era cuando comenzaba la jornada de trabajo. De esa manera se aprovechaba que el sol no había salido y el calor no molestaba, además como se ganaba por café recogido mientras más temprano se empezara, más café se recogía. Muy pronto me dí cuenta que aquí el calor no era problema sino todo lo contrario, se metía un frío pelú sobre todo temprano en la mañana y así había que tirarse a trabajar.

Dormí y descansé durante prácticamente todo el día. Después de almorzar caminé por la finca para empezar a familiarizarme con el lugar. La finca era un lugar hermoso que parecía realmente estar muy cerca del cielo. Era grande y no se veía más población ni estructuras que no fueran las nuestras. También ya pronto me daría cuenta de que éste no era un pueblo remoto y atrasado como yo lo pensaba y que Adjuntas era un pueblo con todas las de la ley. Los obreros ya me habían ido dando información a la hora de almuerzo sobre el trabajo y el sitio, y la opinión general era que estaban todos a gusto; que se ganaban una cantidad razonable de dinero; que tenían todos sus gastos cubiertos y sobre todo que los trataban muy bien. Ni con los patronos, ni con los compañeros recogedores de café, ni con los empleados domésticos de la finca, nunca se había tenido problema ... Siempre he dicho que el Señor nunca me abandona, porque hasta ahora todo pintaba bien.

Después de la cena que era a las cinco de la tarde nos fuimos todos al dormitorio. Yo seguí averiguando de mi trabajo porque si estuviéramos en mi país esto parecería irreal. Salvo el que el trabajo era duro, todos estaban muy conformes y contentos con lo que hacían y algunos incluso consideraban este trabajo como uno permanente...

Se apagaron las luces y todos fuimos a dormir. A mi me dió trabajo pegar los ojos, por la ansiedad de la experiencia y mis pensamientos con la muchacha que conocí en el viaje. Era la primera vez que ésto me ocurría y no sabía cómo manejarlo. Así pasé toda la noche; sentía nostalgia pero también entusiasmo a la vez ... Y antes de darme cuenta nos estábamos levantando para comenzar el día.

Eran las cuatro de la madrugada y hacía un frío que cortaba. Nos aseamos y fuimos al comedor a desayunar. El desayuno era completo, como para darnos fuerza y calentarnos el cuerpo. A mi me hacía mucha falta porque aunque anoche había comido algo, la realidad es que tenía mucha hambre almacenada y comer me venía bien. Lo bueno de Puerto Rico es que las costumbres, el idioma y sobre todo la comida es similar a la nuestra y no teníamos que acostumbrarnos en un cambio de dieta como si fuéramos a otro lugar. Terminamos y nos transportaron al área de trabajo. Allí nos esperaron con unas canastas que era donde se echaba el café según se iba recogiendo y que era la medida por la cual nos pagaban. Nos asignaron nuestro lugar de recogida a cada cual y a trabajar se ha dicho. A mi originalmente me parecía muy sencillo y me sentía que me ganaba la vida muy fácil sobre todo si lo comparaba con los pocos trabajos que había tenido en Santo Domingo.

Nunca había recogido café, pero no era mucho lo que había que aprender. Parecería muy sencillo y en cierta medida lo era, meramente ir arrancando de la mata la fruta madura que se distinguía por su color rojo e ir llenando las canastas. En eso se pasaba el día entero y para mí que trabajé como un animal en construcción, la tarea era bastante sencilla. Al principio recogía menos que mis compañeros pues estos eran ya unos veteranos, pero estaba bien porque lo que ganaba por lo recogido era suficiente.

Pero siempre hay variables escondidas que le pueden joder la vida a uno y desde el primer día conocí una que le jodía bastante la vida a los que como yo tratábamos de ganarla de ésta manera. Y era algo que parecería insignificante, un bichito que llamaban aquí abayarde y que picaba y molestaba hasta más no poder. Y eso hacía que uno estuviera más tiempo alejando a los jodios bichitos esos que recogiendo café. Otra dificultad surgía por lo irregular del suelo que cuando estaba húmedo se exponía uno a un resbalón que no solo te hacía caer y poder lastimarte, sino que aún peor, te hacía perder todo lo recogido y tenías que empezar nuevamente a llenar la canasta, perdiendo todo lo ganado que ya tenías. Hay que tener en cuenta que cobrábamos por lo recogido.

Según pasaba el tiempo mis destrezas fueron mejorando y lo que yo ganaba también. Al no tener gastos que no fueran los personales que podía controlar, empecé a ahorrar dinero. Salvo alguna salida de domingo a tomarnos un par de cervezas, no era mucho lo que había que hacer. Ya yo siendo mayor en edad y experiencia podía salir a disfrutar de esos domingos en compañía de los otros obreros, sin embargo parece que al igual que yo, los compañeros preferían guardar dinero y las salidas no eran frecuentes. Entonces aún con lo que se ganaba y lo bien que nos trataban, la vida aquí era extremadamente aburrida y estaba destinada a ser una de paso en lo que uno se estabilizaba económica y emocionalmente.

~

El pueblo de Adjuntas en aquel entonces era uno de los más remotos y se puede decir que atrasados del país. Era una comunidad agrícola, totalmente rural y que hacía del café su producto principal y casi única fuente de ingresos. Su población se componía mayormente de los llamados "jíbaros", que no eran otra cosa que el equivalente a nuestros campesinos. Pero había unas diferencias abismales entre estos campos y los nuestros, y era principalmente que aquí no había pobreza, ni analfabetismo. Nunca ví una choza como en la que yo viví, sino todo lo contrario, prácticamente todas las casas eran de concreto y se iban construyendo en la mayoría de las ocasiones por los mismos miembros de la comunidad que pasaban los sábados y domingos ayudando en la construcción a los vecinos a cambio de cerveza fría y un caldero de arroz con pollo. También aquí era común ver a los patronos compartiendo con sus obreros en lugares que se le llamaba cafetines, bebiendo cerveza y jugando billar, todos como iguales.

Después de toda la tragedia y desgracia del viaje, la realidad es que todo lo demás había transcurrido bien y me exponía a unas experiencias y circunstancias que jamás hubiese conocido en mi país. Si supuestamente yo estaba en uno de los pueblos más remotos y atrasados económicamente de Puerto Rico, entonces este país era una maravilla porque en el mío ni los más adelantados podían comparar con éste. Aquí todas las casas, aún las más humildes, eran buenas, todas las calles y carreteras estaban pavimentadas y para mí lo más grande es que aquí había electricidad en todos los lados … ¡y no se iba! También el trato que se le daba a los obreros por parte de sus patronos era muy distinto al nuestro donde en su gran mayoría eran tratados como esclavos. De hecho, aquí el gobierno respaldaba a los obreros y velaba por sus derechos incluyendo mucha legislación de interés social que nos protegía.

~

Habían ya pasado cuatro meses desde que llegué a Adjuntas y la verdad es que me había ido bien. El patrono nos trataba como iguales y era generoso con nuestras necesidades. Yo había ahorrado un dinerito y toleraba bien mis labores aún cuando eran duras y aburridas. Poco a poco empecé a enviarle unos chavitos a los viejos y a mi familia. La mayoría de los dominicanos que llegamos a Puerto Rico, sobre todo de manera ilegal, tenemos como motivación principal el estar aquí trabajando hasta más no poder para enviar ayuda económica a nuestros familiares en casa. No me quejaba aún cuando siempre sabía que este trabajo para mí era temporero y que solo serviría para estabilizarme y ahorrar par de pesos. El hecho de que todos mis gastos estuvieran cubiertos me permitía lograr mis aspiraciones. Pero siempre había un pero … y en este caso ese pero era la hembrita que había conocido en el viaje y que no me permitía ni pensar.

Yo sabía que ya en poco tiempo buscaría otro trabajo, porque si algo tenía yo, era que siempre quería progresar y echar hacia adelante. El trabajo aquí para mí ya había servido su propósito y había ahorrado algún dinerito. Entonces por agradecimiento le notifiqué al patrono que buscaría otra cosa que me representara más ingresos para seguir mi camino. Al patrono no le molestó mi decisión en lo absoluto sino todo lo contrario. Me dijo que admiraba mis deseos de mejorar y que me podía quedar todo el tiempo que quisiera hasta encontrar algo que me conviniera más. Además me dijo que él mismo estaría pendiente por si sabía de algún trabajo que yo pudiera considerar … En la vida uno conoce gente con los cuales confirma "que Dios aprieta pero no ahoga",

Luego de tomar esta decisión caí en un periodo de reflexión y organización de mi vida, sobre todo de mis planes futuros. La realidad es que cualquier cosa que planificara tenía como eje principal a la muchacha que conocí en el viaje. Ciertamente tenía que buscar la manera de comunicarme con ella a la brevedad posible porque por la belleza y encanto de la niña, deduje que si tardaba en hacerlo me la iban a levantar. Entonces comencé a averiguar dónde carajo quedaba Barrio Obrero y como yo podía llegar allí. Averigüé qué Barrio Obrero pertenecía a un barrio de la capital que se conoce como Santurce y que los dominicanos habían hecho de éste lugar la sede de la comunidad dominicana en la capital. Llegar a Barrio Obrero era llegar a Santo Domingo y allí la música, los negocios, la comida y todas nuestras otras costumbres hacía que el vivir en Barrio Obrero fuera el sueño de los dominicanos, sobre todo si habían llegado de manera ilegal como yo. Allí también pensaba yo que viviría algún día junto a la mujer con quien soñaba todos los días, solo que todavía no había llegado ese momento.

Y en este periodo de reflexión también surgió mi necesidad de seguir educándome. Ya también había comprado un pequeño radio de baterías y escuchaba las noticias que en ocasiones también venían de la república. Un buen día le expresé al patrono mis deseos de aprender más y él me habló de unos programas de educación libre del gobierno que inclusive me capacitaban para coger los exámenes de escuela superior que son equivalentes a nuestro bachillerato. Y tuve la suerte de que un maestro de la escuela del pueblo era compadre de mi patrono y un día de visita a la casa me orientó sobre todo el proceso. ¡Dios no me abandona! ... no me canso de decirlo.

El tiempo seguía pasando y yo no tenía necesidad de

nada. Todo me iba mejor cada día y el trato y las condiciones de trabajo según pasaban los días eran mejores. Lo que sí tenía era un deseo grande de seguir progresando para encaminar mi vida como yo quería y había planificado. Tenía fe en que mi vida cogería un rumbo que fuera beneficioso y me diera una seguridad y estabilidad futura. Como me había ido todo, yo me visualizaba echando raíces aquí y formando mi hogar y mi futuro en esta islita.

Un buen día a la hora de la cena el patrono vino a verme. Con gran tristeza para él, me dió la noticia de que me había conseguido un trabajo donde podría ganar más dinero y acercarme más a lo que yo tenía planificado para mi futuro. Un amigo de él, dominicano dicho sea de paso, iba a comenzar la construcción de un residencial público grande para el gobierno y estaba buscando empleados para la obra. Como él sabía que ya yo había trabajado en eso, le habló de mí y el contratista le dijo que me mandara. El patrono me iba a llevar él personalmente a la obra la próxima semana.

Ése fin de semana me prepararon en el comedor nuestro una pequeña fiesta de despedida con cerveza y comida. Era la primera vez en mi vida que a mi me hacian una actividad y la alegría y la emoción fueron una experiencia inolvidable. Nunca en mi vida he olvidado este lugar, ni su gente y con alguna frecuencia lo he visitado siempre.

~

El lunes según habíamos quedado el patrono me llevó al proyecto. La construcción estaba recién comenzando y lo único que se veía era equipo pesado moviendo tierra y la construcción de oficinas y almacenes. Aquí el trabajo era por mucho, mejor remunerado que en Adjuntas y yo nunca en mi vida había ni soñado ganar lo que me ofrecieron. El proyecto era en un pueblo costero no muy lejos de donde estábamos en un municipio que se llamaba Santa Isabel. El pueblo era algo más adelantado que el de Adjuntas y se veía más vida y habitantes. Lo primero que averigüé fue si este pueblo era más cerca de Barrio Obrero. Me dijeron que sí, así que las cosas estaban mejorando.

Contrario a mis experiencias anteriores aquí no dormía en el proyecto sino que junto a otro grupo de dominicanos alquilamos entre todos una amplia casa que nos hospedaba como a diez y tenía todas las facilidades. Cada cual pagaba una parte de los gastos y lo que hicimos fue que conseguimos a una mujer que nos limpiaba y nos cocinaba. Mi progreso seguía y mis planes también.

IV

La dinámica de los proyectos de construcción en este país era muy distinta a la que conocíamos en Santo Domingo. Aquí la jornada de trabajo comenzaba a las seis de la mañana y se trabajaba hasta las dos y media de la tarde. Se empezaba tan temprano por el calor, porque aquí en Santa Isabel sí que se sentía. El trabajo era duro pero bien organizado y la supervisión de los contratistas era constante. Siempre había en la obra al menos un ingeniero y los trabajos especializados eran todos subcontratados a compañías con el peritaje adecuado en cada materia. La realidad es que aquí la calidad y los requisitos de las obras de construcción era muy superior a la que se conocía en mi país.

Los empleados salíamos a las dos y media de la tarde y muchos, antes de llegar a sus hogares, tenían la costumbre de ir parando en los distintos negocios dándose sus cervecitas, aquí llamadas las frías. Otros aprovechaban la tarde para hacer tareas domésticas que en muchas ocasiones incluían arreglos y ampliaciones a su propio hogar. A mi me sorprendió al comenzar en el trabajo, que contrario a la costumbre en Santo Domingo, donde los que laboran en la obra son del área donde está la misma, aquí es distinto y muchos viajan la isla entera para llegar al trabajo. De hecho los empleados son más bien del contratista y no de la obra porque estos van a donde tenga proyectos el jefe.

Los "dominiquis" como nos llaman aquí (no de una forma despectiva) cuando salíamos a las dos y media, en algunas ocasiones íbamos a algún negocio y nos podíamos tomar un par de cervecitas. Esto no lo hacíamos todos los días, sino dependiendo de las circunstancias. También después de cenar en la casa más tarde, dábamos alguna vuelta por el pueblo donde ya éramos conocidos y teníamos amistades. Yo en mi afán de seguir educándome compraba libros sobre todo de historia y los leía. Esto me daba conocimientos de lo que era el mundo y me ayudaba también a mejorar mis destrezas en la lectura. También seguía con la costumbre de escuchar la radio todas las noches, sobre todo programas de noticias y de comentarios, y además adquirí otra costumbre que me acompañaría el resto de mi vida que fue la de leer los periódicos. Mis deseos de educación y conocimientos aumentaban cada día y yo me sentía cada vez más insertado en la realidad del país y encaminado en mi futuro.

La mujer de mis sueños seguía en ellos y aún cuando muchos de mis compañeros se habían buscado fácilmente sus noviecitas aquí, yo ni por la mente me pasaba hacerlo. Ya yo estaba en mis veinte y por el ejercicio que hacía en el trabajo me veía bien, lo que me facilitaba el conseguir novia o al menos compañía de una noche, pero no lo hice. Lo único que tenía en mi mente era encontrarme nuevamente con la joven soñada del viaje y establecer un hogar con ella … ¿será esto el amor?

El tiempo pasaba y no se notaba; de hecho, el proyecto estaba programado para construirse en dos años y medio y ya se veía su desarrollo. Yo aprendía con rapidez y con toda humildad mi trabajo y mis conocimientos se fueron notando, sobre todo por el ingeniero de la obra y por el dueño de la compañía. Sin darme cuenta me ví inclusive leyendo e interpretando planos, algo que hasta los más veteranos no podían hacer. Pero yo tenía un propósito; el de aprender, y donde quiera que viera una oportunidad de hacerlo no la perdía.

Un día, ya cuando la obra llevaba como un año de construcción, el dueño de la compañía me indicó que al terminar la jornada del día quería hablar conmigo en su oficina. Por poco me muero porque nada más de pensar que el propio jefe me había ordenado verlo en la tarde, lo que me hizo pensar fue que me botaría del trabajo … ¡y yo con lo contento y entusiasmado que estaba con lo que aprendía!

Durante todo el día no me podía controlar, nada más que imaginándome para que sería la reunión. El jefe era el ingeniero dominicano que me había reclutado a través de mi otro patrón de Adjuntas y era una persona que me había impresionado por sus conocimientos y buen trato hacia sus subalternos y empleados. Por eso estaba asustado, y esperando por el encuentro con ese camaján me daba dolor de barriga. Finalmente llegaron las dos y media de la tarde. Todo el mundo recogió y se fue y yo fui a la oficina del jefe según me había ordenado. Me estaba muriendo del miedo y me empezó un dolor de barriga que solo comparo con el que tuve cuando venía en la yola a Puerto Rico. El jefe y el ingeniero de la obra me estaban esperando ...

---- *Pablito*, --- me tuteó el jefe --- *¿de dónde tú eres?* ---- eso me lo espetó no más entré por la puerta. Las palabras no me salían y no le podía contestar. Finalmente casi en susurro le dije que de Cotuí, pero del campo. ---- *Me pareces una persona dispuesta y con deseos de aprender, ¿qué estudios tiene?* ---- Nuevamente no me querían salir las palabras y el dolor de barriga arreciaba. Le contesté que había estudiado en la escuela hasta tercer grado, que sabía leer y escribir y que sabía aritmética. También le hice saber que leía el periódico, que escuchaba las noticias, que sabía lo que pasaba en el mundo y que algún día pronto volvería a la escuela a seguir estudiando. Le pedí que me excusara unos minutos que tenía que salir un momento a resolver algo pendiente, pero que rápido volvería. Me excusó y me dijo que regresara tan pronto acabara lo pendiente. Para mi que ellos sabían que me estaba cagando, sobre todo del miedo.

Salí volando y fui a una de las letrinas de construcción cerca de la oficina. Terminé rapido, me lavé las manos y regresé, esta vez más tranquilo y con más confianza. Me estaban esperando nuevamente.

----*De mañana en adelante vas a ser el ayudante del ingeniero. Él te irá enseñando poco a poco de planos y de construcción y con el tiempo puedes llegar a ser supervisor. Va a depender del entusiasmo que pongas y de tu actitud hacia lo que él te enseñe y tu quieras aprender. Si no das el grado, volverás a lo mismo de antes, así que de ti depende tu propio futuro.*

Les agradecí la confianza que depositaban en mí y les aseguré de que no los defraudaría; que contaran con que antes de que se lo esperaran yo sería supervisor. Y ahora sí que salí corriendo, nuevamente a la letrina, porque por la mezcla del miedo y de la emoción que sentía, me estaban explotando las tripas.

Salí del proyecto directo a tomarme un par de cervezas. Quería celebrar, pero lo haría solo, no fueran a interpretar mis compañeros que se me iban a ir los humos a la cabeza y que ahora yo sería parte del grupo patronal. Eso yo sabía que no ocurriría pero no sabía todavía cómo lo iba a manejar... Y miren que echaba de menos el poder celebrarlo con mi enamorada, aunque ella no supiera que lo era.

Al otro día como acordado comencé mis labores como ayudante del ingeniero ante la mirada atónita de mis compañeros de trabajo, sobre todo los "dominiquis". Ellos tampoco lo podían creer, no porque dudaran que yo podía hacer el trabajo, sino porque no hubiesen esperado jamás que a un campesino ilegal como yo, se me fuera a dar la oportunidad de ser el ayudante del ingeniero. Esa misma tarde fueron ellos los que me invitaron a festejar. Era viernes y no había impedimento para darnos un poco más de dos cervezas y celebrar en grande. En realidad me sentía halagado viendo a mis compañeros celebrar conmigo con tanta alegría. Ni en la misma República Dominicana me había sentido nunca tan parte de una comunidad étnica como me sentía aquí. Eso me dio más ánimo todavía y me hizo sentir comprometido con no fallarles. Entre cerveza y cerveza y disco y disco, se me ocurrió preguntarle a uno de los que más tiempo llevaba ya en Puerto Rico si sabía donde quedaba Barrio Obrero y cómo se llegaba allí. Por fortuna el compañero no solo sabía de Barrio Obrero sino que tenía una hermana viviendo allí. No intentó averiguar mucho, sobre todo porque ya nos habíamos dado bastante cervezas y el ambiente no estaba para ese tipo de conversación, pero sí me dijo y se comprometió conmigo para que el otro sábado fuéramos a visitar a su hermana y así yo la conociera a ella y conociera el barrio y la comunidad dominicana. ----*Es como estar en Santo Domingo* ---- me aseguró.

Nada más que pensar que la próxima semana iría a Barrio Obrero con la posibilidad de encontrar a la mujer de mis sueños no me dejó dormir. Como no tenía idea del tamaño de la comunidad y de la cantidad de gente que allí vivía, mañana tan pronto viera al compañero averiguaría todo lo referente a nuestra futura visita. Les aseguro que revolveré casa por casa la próxima semana, pero a mi enamorada yo la encuentro ... y ojalá que este sola.

Tan pronto amaneció al día siguiente y nos levantamos, esta vez sí que le caí al compañero encima con preguntas sobre el barrio. Le pregunté el tamaño, la población, como era, tanto así que estoy seguro que el pobre hombre se arrepintió de haberme dado información y más aún de haberme invitado para la próxima semana, sobre todo que él no sabía qué era lo que me motivaba con tanta pasión. Pasó el sábado, el domingo y la semana laboral. Yo cada día aprendía más y trabajaba con más interés pues no quería defraudar a los jefes. Inclusive en ocasiones el ingeniero salía y me dejaba a mi a cargo del proyecto, no que yo fuera a tomar ninguna decisión, pero era una señal de que yo era el segundo en mando. Y llegó el sábado ...

~

Temprano en la mañana me levanté, me bañé y me vestí con la famosa ropa buena que yo tenía y que era la que había usado durante el viaje. Los zapatos los había limpiado el día anterior y en realidad iba bien puesto. Tomamos un transporte público en la plaza del pueblo bien temprano que nos llevó hasta Río Piedras. El viaje duró como dos horasy fue bastante bueno ya que había tramos de la autopista que estaban terminados. En Río Piedras cogimos un autobús que nos dejó en la misma entrada de Barrio Obrero en lo que se conocía como la parada veintiseis. Ya estábamos en el pequeño Santo Domingo y lo que ví me impresionó.

Verdaderamente esto era como llegar a Santo Domingo. Todavía era temprano en la mañana y ya se sentía la diáspora dominicana preparándose para sus labores diarias del sábado. Los comercios de venta sacaban mesas a las aceras con lo que supuestamente estaba en especial; que no era otra cosa que lo mismo de todos los días, al mismo precio, pero todo desordenado en mesas. Los negocios de comida y bebida ya estaban encendidos con muchos parroquianos disfrutando sus servicios y música sobre todo de bachata a todo lo que dá. Las mujeres estaban al palo, con un desfile de morenas culonas bien apretás que tenían a los transeúntes y a los campesinos como yo, locos. Esto se me va a hacer difícil, pensé yo al ver el gentío que aún siendo temprano en la mañana ya estaba en la calle. Pero yo confiaba en mí y estaba dispuesto a encontrar a mi mujer. Y así las cosas llegamos a la casa de la hermana de mi compañero de trabajo.

La mujer estaba limpiando con un radio a todo dar y manguera en mano. Su marido no estaba por todo aquello supuestamente porque había salido a jugar caballos. Como estaba la cosa allí yo me imagino que lo que hacía el hombre era jodiendo en algún bar, de seguro con alguna culona de las que habíamos visto antes. Estuvimos un rato esperando en la casa y yo me dediqué a describirle a la mujer que buscaba a la hermana de mi compañero de trabajo y dándole las indicaciones de lo que me había dicho de que iría a vivir a la casa de su hermana. De momento la doña no tenía información, pero sí me dijo que no me desanimara porque usualmente las que venían como ella se quedaban en Barrio Obrero y por la fecha de su llegada no iba a ser difícil encontrarla. Eso me alegró un poco porque yo sabía que la encontraría. Dejamos la casa y antes de regresar dimos una vuelta lo más que pudimos por el vecindario. Yo en cada momento era más lo que me impresionaba; de hecho me puse nostálgico y le pedí a mi amigo que regresáramos.

Llegamos a Santa Isabel casi de noche. Estaba muerto de cansado, pero aún así, invite como muestra de agradecimiento a mi amigo a cenar en un restaurancito que había en el mismo centro del pueblo. Tenía sentimientos encontrados. Yo había pensado que Barrio Obrero era un pequeño pobladito que estando habitado prácticamente en su totalidad por dominicanos se me iba a hacer muy fácil conseguir a mi enamorada. Jamás pensé que fuera el mundo que era. Por otro lado me animó el que aparentemente era una comunidad tan unida que el que llega allí, no es fácil que se vaya, y que por la fecha de su viaje había una gran posibilidad de encontrarla. Y lo otro que me animó fue el ver lo fácil que era llegar de Santa Isabel a Barrio Obrero, lo que me daba la oportunidad de ir con frecuencia a seguirle el rastro a la mujer que me gustaba y cuando la encontrara la visitaría todos los fines de semana. Cenamos y nos fuimos a descansar. Yo también descansé el domingo sobre todo poniendo mis pensamientos y estrategias en orden.

El tiempo pasaba y yo seguía progresando en mi trabajo. Salvo el no poder encontrar a mi enamorada, todo me iba bien, estaba ganando buen dinero y sobre todo estaba aprendiendo y progresando profesionalmente un montón. De hecho mis compañeros de hospedaje nada más que para joder, se referían a mí como el "ingeniero".

Ya el proyecto comenzaba en su etapa de terminaciones y sabíamos que pronto tendríamos que dejar Santa Isabel. Los muchachos estaban tranquilos porque estaban seguros de que de ahí irían a otro nuevo proyecto del patrón porque así había sido antes. A ellos no le importaba donde fuera ya que no tenían ataduras que los amarrara al lugar y vivían donde fuera. Yo en ese momento estaba igual, así que esperaría a ver qué pasaba. Siendo como quien dice de la gerencia, una semana después me citaron a una reunión a la oficina de los jefes, donde me indicaron que precisamente en un mes se comenzaba otro proyecto similar, esta vez en un pueblo que se llamaba Coamo y que quedaba cerca de Santa Isabel. El patrono me ordenó notificárselo a los "dominiquis" para que fueran haciendo sus arreglos, sobre todo con las novias que tenían. Conmigo dijo que se reuniría el viernes porque sus planes conmigo eran otros. Coño y nuevamente con la jodienda de la incertidumbre vinieron los insomnios, y las diarreas, y la falta de apetito y todas esas otras jodiendas de las que sufrimos los dominicanos indocumentados. Contaba los días hasta que llegó el viernes.

⌒

Al terminar las labores fui rápido a la oficina del jefe. Esta vez me esperaba solo el gran patrón y me invitó a sentarme. ¡Y más dolor de barriga me daba! Me senté y traté de disimular mi nerviosismo y ansiedad. Me parecía obvio que el patrón se daba cuenta, pero fue muy compasivo ante mi situación. ---- *Pablito ... me parece que estás muy nervioso como si esperaras un regaño o que te vaya a despedir. Cálmate y tranquilízate que es todo lo contrario. Lo que te quiero anunciar es que una vez terminemos aquí en las próximas semanas, tu lugar de trabajo ya no será directamente en los proyectos, sino en mi oficina principal en Río Piedras. Serás mi ayudante principal de construcción y tu nuevo salario será el doble de lo que ganas ahora. Ya te conseguí un apartamentito de una habitación cerca de la oficina que será para tí solo y tendrás un vehículo para tu uso. Si no sabes manejar te enseñaremos. Piénsalo y dime a más tardar el lunes si aceptas mi oferta,*

Yo pensé que me moría y al dolor de barriga que sentía se le añadió ahora náuseas y mareo. Por mi madre que yo creía que me iba a caer al piso, y tanto así que el patrono se asustó y tuvo que levantarse a socorrerme pensando que me desplomaría. Cuando reviví y me volvió el aliento lo único que pude articular fue "si acepto".

Descansé unos minutos en lo que me llegaba la sangre

al cuerpo nuevamente. Camino a la casa tuve que parar en un negocio donde ví a los muchachos que se tomaban una frías. Cuando me vieron les pareció ver al diablo, me imagino que por mi palidez y desorientación. Era evidente que acababa de recibir una noticia impactante que se dibujaba en mi semblante y que no podía ocultar. ---- *Ingeniero, ¿qué le pasa?, se ve usted muy mal. ¿Cómo podemos ayudarle? Venga y tómese algo, que para eso estamos aquí.*

Ver tanto respeto y cariño de parte de mis compatriotas ciertamente me revivió y una vez repuesto y luego de dos cervezas les pude contar la noticia que acababa de recibir. La genuina felicidad y el buen deseo de mis compañeros me llenó de orgullo. ¿Por qué tenemos que estar fuera de nuestro país los hermanos dominicanos para tratarnos así y no lo hacemos en nuestra propia patria? Nuevamente era viernes y la celebración que esta vez corrió toda por mi cuenta, se alargó hasta tarde en la noche. Celebrábamos mi promoción y también el final de la obra.

Ya camino a la casa, siendo las dos de la madrugada, el amigo que me llevó a Barrio Obrero, como para cerrar la noche con broche de oro, me dijo por lo bajo quizás la mejor noticia del día. ---- *Oiga ingeniero ... si va a vivir en Rio Piedras, va a poder ir a Barrio Obrero todos los días.*

V

Después que recibí la noticia de mi promoción laboral y de la celebración que conllevó la misma con mis compañeros de trabajo y compatriotas, estuve varios días haciendo un resumen de lo que había sido mi vida desde que abandoné mi pueblo en la república. Dios nuevamente me hace ver lo generoso que siempre ha sido conmigo. Soy un jibarito de Cotuí (ya se me está pegando la manera de hablar de los boricuas) que no estudió y salió a buscar fortuna a la capital. Allí conseguí trabajo y comencé a encaminarme aún siendo prácticamente un niño, pero debido a la inestabilidad política e inseguridad que se vivía en esos días en mi país, me asusté y decidí huir y abandonar mi patria al ver que en ella mis sueños no se harían realidad. Hice un viaje ilegal en yola a Puerto Rico que no le deseo a nadie y donde vi la muerte más cerca de mí que nunca antes. Llegué a la isla y conseguí un trabajo y luego otro mejor, que me ha llevado en este momento a una posición que jamás hubiese soñado. Mi patrono y compañeros de trabajo se han portado muy bien conmigo y lo que han hecho es ayudarme. ¡Imagínense que me llaman "el ingeniero"! ... Y sobre todo conocí a una joven que creo que me va a hacer conocer el amor. ¡Y todo eso gracias a la *revolución del sesenta y cinco!*

Ahora comienza una nueva etapa de mi vida en todos los sentidos. Trabajaré y viviré en la capital, donde está toda la acción. Además mis labores serán en la oficina principal de la compañía junto al propietario de la misma que ha depositado en mí toda su confianza y me ha dado una oportunidad que todos quisieran y en la cual no le puedo fallar. Tengo salario de ejecutivo, vehículo de la compañía y un apartamento rentado en un buen condominio del vecindario. No puedo desear nada más, Dios me lo ha dado todo y no lo puedo decepcionar. Lo único que me falta es reencontrarme con la mujer de mis sueños y eso sé que pronto se me va a dar.

Las oficinas de la compañía están ubicadas en un edificio comercial en el mismo casco urbano de Rio Piedras. En los bajos hay una muy conocida tienda de ropa de caballeros y en los altos nuestras oficinas. En la parte posterior del edificio hay estacionamiento para los vehículos de nosotros y creo que mi jefe es el propietario del edificio. La oficina es amplia y aunque modesta está muy bien puesta y decorada. Hay una recepcionista, una secretaria, un contable, dos ingenieros de oficina, el jefe y yo. A mi me asignaron un despacho independiente que conecta a la sala de conferencias y que está equipado con todo lo necesario para un ejecutivo de la empresa. Todavía no sé si sustituyo a alguien o si mi posición es una nueva creada por el jefe. Con el tiempo supe que éramos una compañía sólida, muy respetada y nuestro patrón era muy querido y admirado en la industria de la construcción ... Cómo he tenido esta oportunidad de obtener esta posición y estima del dueño, yo no lo sé, lo que sí sé es que no lo haré arrepentirse.

Una vez ubicado en mi apartamento y luego de reconocer el vecindario comencé inmediatamente mis labores. Ahora me vestía casual pero elegante, no con la ropa de trabajo con la cual estaba en los proyectos. El ingeniero también vestía casual a no ser que tuviera alguna reunión importante a las cuales en esos momentos yo no lo acompañaba. Poco a poco el jefe y los otros ingenieros me fueron enseñando cosas técnicas de la ingeniería y la construcción. Yo aprendía rápido sobre todo por el empeño y el entusiasmo que ponía; pero a lo que en realidad más atención le prestaba y más me apasionaba era esa parte administrativa y gerencial que tan bien manejaba el jefe. De eso también me fue enseñando e inclusive cuando había reuniones en la oficina con clientes o suplidores siempre me hacía estar presente para que fuera familiarizándome con la manera que se conducían las mismas y adquiriera la malicia y las destrezas necesarias en los negocios. A veces me parecía que vivía un sueño, porque si bien es cierto que cumplía con mis responsabilidades cabalmente, no es menos cierto que el patrón se pudo haber buscado otro ayudante con mucha mayor preparación y experiencia que yo.

Mi vida personal y social también se desarrollaba. Río Piedras es una ciudad universitaria donde se ubica la universidad principal del país. Por ese motivo, la onda cultural e intelectual eran la orden del día. Librerías, teatros, actividades, de todo ... ese era el diario vivir de mi vecindario. Y así comencé también a cultivar mi otra pasión ... aprender. Visitaba la biblioteca de la universidad siempre que tenía algún tiempo libre; la misma era abierta al público y era así que me enteraba de las actividades culturales de toda esa comunidad universitaria. Y antes de darme cuenta me vi yendo a obras de teatro, conciertos, conferencias y actividades deportivas como si fuera un estudiante ... y como apenas tenía veintiun años en ese entonces, pasaba sin ningún problema como otro más.

¡Coño la vida es una caja de sorpresas! Yo un campesino de Cotuí que salió huyendo de su país, indocumentado y sin estudios ... de momento verme codeando con los intelectuales de este país. Lo más lindo es que sin darme cuenta me había integrado a ese grupo, era reconocido por ellos y compartía de tú a tú con los miembros de esa comunidad intelectual y universitaria. A veces me daba mucho miedo que descubrieran mi realidad, aunque estoy seguro de que si eso ocurriera no sería rechazado ni separado del grupo.

Al mudarme a mi nuevo lugar fui muy bien acogido por los vecinos y en ocasiones invitaba amigos a mi apartamento. El mismo estaba en un condominio bastante nuevo y de clase media donde la mayoría de los residentes eran precisamente profesores universitarios. Era pequeño; una sola habitación, pero tenía una buena cocina, buen baño, la habitación era amplia con un gran closet y lo mejor que tenía era un balcón donde podíamos compartir cuatro personas cómodas sin ningún problema. Nuestras veladas incluían tomarnos unos vinillos, y casi siempre algunos de los invitados, o traía algo de comer o se cocinada algo en la casa. Entre vinillos y comida se creaba una tertulia intelectual que en muchas ocasiones caía en temas políticos y sociales, no sólo de Puerto Rico, sino del mundo entero. Todos éramos varones y los invitados eran algo mayores que yo. Nunca supe si alguno de los del grupo era *gay*, porque si así fuera, ya yo había evolucionado y para mí eran mis iguales, sobre todo que jamás ninguno ni tan siquiera insinuó esa preferencia. Como verán también, como parte de toda esta transculturación a la que me exponía, se incluía el ir refinando mis gustos para atemperarlos al grupo con el cual compartía. ¡Qué por favor! no quiero que se interprete como que me estaba poniendo como mierda porque les aseguro que esa no era la realidad.

Mi trabajo seguía su curso, yo cada día aprendiendo más y el jefe delegándome más trabajo y responsabilidades. Yo encantado porque eso era precisamente lo que yo deseaba. Para mi sorpresa un día me dí cuenta que en las tardes el patrón en ocasiones me pedía que me quedara un rato más y entonces caíamos en conversaciones que en nada tenían que ver con el trabajo sino que giraban en torno a nuestro país. También para mí sorpresa el jefe con mucha frecuencia indagaba mucho sobre mi origen y el de mi familia allá en Cotuí. Yo asumí que era que el hombre caía en esas etapas de nostalgia que caemos los dominicanos cuando extrañamos y añoramos nuestra tierra y nuestra gente. A veces inclusive el patrón podía descorchar una botellita de vino y ocasionalmente terminaba hablándome de su vida personal aunque al principio sin entrar en muchos detalles. Nuevamente por alguna misteriosa realidad que yo desconocía me había convertido en el hombre de confianza del patrón.

Ya yo llevaba como un año en mis nuevas responsabilidades cuando un día en la mañana el patrón al llegar a la oficina me informó que teníamos que legalizar mi situación migratoria y que iríamos a visitar a un abogado amigo de él que se dedicaba a eso. El licenciado tenía precisamente sus oficinas en Barrio Obrero y era dominicano. Esa misma semana le visitamos y así comenzó mi proceso de legalización migratoria. Eso me daría derechos laborales con mi tarjeta de Seguro Social y empezaría a cotizar para los beneficios de retiro que tan importantes son en este país. De hecho, yo me veía en ese entonces viviendo el resto de mis días en Puerto Rico.

La visita al abogado revivió en mí el deseo y la necesidad de reencontrarme con la mujer de mi vida. Había estado dedicando mucho tiempo a mi adaptación laboral y social y me imagino que como parte natural de esa adaptación me había olvidado un poco de seguir con ese empeño. Pero ahora volveré activamente a seguir en mi afán.

Empecé a dedicar los sábados a la tarea de ubicación de la mujer. Lo primero que hice fue aparecer en casa de la hermana de mi antiguo compañero de trabajo con el propósito de conocer al marido de esta. Asumí y luego confirme que el tipo era un "tiguere" y que como tal, de seguro sabía la movida de todas las chicas del barrio. No me equivoqué y la realidad es que nuestra amistad se fue estrechando y aún cuando nuestros intereses eran diametralmente opuestos, eso no fue impedimento para que nuestra relación se convirtiera en íntima aunque fuera solo por los días sábado. El proceso se iba encaminando y por los progresos de mis investigaciones ya yo sabía que era cuestión de semanas el encontrar a mi amada.

Yo seguía en lo mío tanto en el trabajo como con mis amistades. Ya iba para dos años en la capital y cada día el jefe me daba más confianza y me delegaba labores de cierta importancia en el negocio. Mi patrono era bastante joven; yo le ponía que estaba en sus bajos cuarenta. Había venido a estudiar ingeniería al Colegio de Mayagüez y se enamoró de una joven boricua con la cual eventualmente se casó. Terminó sus estudios y consiguió trabajo rápidamente porque en ese entonces el gran desarrollo de Puerto Rico ya había comenzado. Se le hizo fácil conseguir una residencia migratoria permanente y eventualmente su ciudadanía americana, que para una persona como él, que iba a establecer su vida aquí, era muy necesaria. Tenían dos hijos pre- adolescentes que estudiaban su escuela intermedia, vivían en un reparto de clase media alta y su residencia yo la consideraba casi una mansión. Su negocio lo había establecido modestamente hacía ya varios años, y según fueron pasando los años, por su capacidad de trabajo y su seriedad en los negocios fue creciendo hasta llegar a lo que es hoy. Aún así siempre el hombre y su familia han mantenido una humildad y un perfil muy bajo y tratan a todos como sus iguales. Para mí él se ha convertido en un modelo de lo que yo quiero ser y su familia uno de lo que yo quiero para la mía.

La relación íntima que se iba desarrollando con el patrón crecía y cada vez esas conversaciones que yo llamaba de nostalgia eran más frecuentes. Yo todavía no me atrevía, pero sé que pronto yo iba a averiguar, ¿por qué este hombre me preguntaba tanto por Cotuí y por qué le llenaba de tanta nostalgia el tema? Por eso siempre caíamos en el tema de mi campo de Cotuí y yo comenzaba a pensar en mi familia y su desgracia. Nunca los he olvidado y mensualmente les envío una ayuda económica que es mucho más de lo que ellos generaban en un año entero. Pero siempre había algo con relación a su necesidad que me causaba una gran tristeza y no me dejaba estar conforme. Una vez tenga mis papeles de residencia en orden lo primero que haré es ir a verlos y llevarles todo lo que les haga falta.

Así las cosas, ya encaminado lo de mi legalización en el país, estable y cumpliendo en mi trabajo y en la búsqueda de mi adorada, comencé con el último de mis requisitos personales ... estudiar y conseguir mi diploma de escuela superior, como le llaman aquí, para luego intentar entrar a estudiar una carrera universitaria. Como disponía del tiempo y tenía una cierta flexibilidad en mi trabajo fui a la superintendencia del Departamento de Instrucción Pública, como se llamaba en aquel entonces y me orientaron sobre todos los requisitos necesarios para obtener el diploma. Comencé mis estudios de inmediato y a los dos años cogí los exámenes que llamaban libres. Se me hicieron bastante fáciles y obtuve mi diploma. En el ínterin ya también había obtenido mi residencia. Así que dos de mis metas ya se habían cumplido; tenía mi diploma de escuela superior y era un residente legal de los Estados Unidos. ¡Gracias Caamaño y tu *revolución del sesenta y cinco!*

Ya hacía cinco años de mi viaje al país, pero todavía era un chamaquito de apenas veintidos años. El tiempo de aprendizaje y adaptación ya había pasado, ahora tenía que pensar en establecer un hogar. A la muchacha del viaje que era con quien quería estar no la había encontrado, pero estaba muy cerca. Hasta yo no saber de su destino no me pasaba por la mente intentar establecerme con otra. Posiblemente el que ella haya estado a mi lado en el momento donde más cerca he visto la muerte sea la razón por la cual estoy perdidamente enamorado de ella, aún cuando prácticamente ni la conozco y ni el nombre le sé.

Renové mis visitas al barrio. Nuevamente me encontré con el cuñado de mi compañero de trabajo y esta vez hicimos un plan estratégico para encontrar a la muchacha. Lo seguimos al pie de la letra y un buen sábado mi amigo llegó acompañado de otro compatriota residente en el barrio que me traía información. El nuevo amigo corroboró toda mi descripción y fecha del viaje y me informó con certeza que él sabía de quien yo le hablaba. ---- *A quién buscas es a Lola y es fácil saber porqué* --- Me dijo que era amigo de su hermana y que la que yo buscaba se había empleado en una residencia del Condado cuidando una viejita enferma y que al menos venía cada dos semanas a visitar a su hermana. El me haría la cita para que la próxima visita de la muchacha yo la fuera a ver. Mi emoción y mi alegría podían más que yo, porque por la conversación que tuvimos no había duda que hablábamos de la misma persona, Además por el hecho de estar ella cuidando a una persona mayor a tiempo completo me daba un poco de esperanza de que estuviera sin compañía, aunque el de la noticia me aseguraba que así era.

Fueron dos semanas que parecía que no terminarían. La espera me mataba porque ésto era lo único que me faltaba en mi vida y yo no podía asegurar que saldría bien, porque habían pasado cinco años y a lo mejor la mujer ni se acordaba de mí, o yo no le gustaba, o no quería compromiso o lo que fuera. Pero mi fe estaba ahí y yo no quería comprometer a mi Señor, pero sabía nuevamente que no me fallaría. Y esperando con desesperación noticia de la cita, recibí la llamada en mi oficina una mañana del cuñado de mi compañero de trabajo. La cita estaba hecha; sería el próximo sábado en la mañana. Nos reuniríamos en el lugar de siempre y él me llevaría a la casa donde estaría la muchacha. De ahí en adelante me correspondería a mi ... Y entonces me pasó como aquellas ocasiones en mi trabajo cuando el jefe me citaba porque quería hablar conmigo ... las diarreas comenzaron y no tenía manera de detenerlas. Era lo único que me faltaba, que fuera a visitar a esta joven y me diera un dolor de barriga. ¡Coño, esa mujer se va creer que lo único que yo hago es cagar!

~

El jefe notó mi preocupación durante esos días y obviamente me preguntó el qué me pasaba. Me dí cuenta en ese instante que ése era el único hombre de confianza que yo tenía y no tuve otra alternativa que contarle toda la historia de mi vida comenzando con el viaje en yola. El jefe no solo me aconsejó sino que me dió confianza y me preparó mentalmente para lo que fuera.

Y ya sin diarrea y con una confianza espantosa producto de mi conversación con el jefe, llegó el sábado y arranque para mi cita. En ese momento comenzaba lo que definiría mi futuro y posiblemente mi felicidad. Llegué a Barrio Obrero según acordado y aunque era todavía temprano en la mañana el ambiente estaba encendido. Minutos más tarde llegó el cuñado. Le invité a una fría antes de partir y él tal como yo esperaba, la aceptó. Yo no estaba nervioso, más bien esperanzado y confiado.

Salimos en mi vehículo y llegamos al lugar. La casa era en Barrio Obrero también, pero bastante apartada de lo que se podía considerar el centro. Nos bajamos y tocamos; nos abrió el que yo me imagino que era el hombre de la casa y luego de identificarnos nos invitó a entrar. Mi amigo, ya por curiosidad, no se quiso ir hasta ver a mi enamorada ... La muchacha salió y yo por poco me muero al verla; mi amigo también. Estaba más bella y radiante de lo que yo la recordaba y era obvio que se acordaba de mí y de nuestra aventura. Con discreción le pedí al cuñado que se fuera que era momento de yo conocer a mi mujer.

Nuevamente los nervios me traicionaron o yo diría que la emoción y la felicidad. Me volvió el jodio dolor de barriga y con una vergüenza que me abochornaba le tuve que pedir permiso a la muchacha para pasar al baño.

Y así como ha sido hasta ahora toda mi historia, sobre todo en esta segunda patria, comienza un nuevo capítulo en mi vida.

VI

Una vez se fue el cuñado de mi ex compañero de trabajo; ahora mi amigo y salvador, pude observar detenidamente a la mujer con quien tanto soñé y deseé ... Ya me había calmado, estaba más tranquilo y no me dolía la barriga. Aún así, todavía el nerviosismo y la emoción me impedían actuar como yo esperaba y quería. Ella estaba consciente del impacto que había causado en mí y además del nerviosismo que yo demostraba. Era evidente que se notaba que yo no tenía experiencia en relaciones con mujeres y mucho más evidente era que nunca antes había estado con una. Y aún así la joven fue paciente y comprensiva con mi actitud, demostrándome la clase de mujer que era y una madurez que aún yo siendo algo mayor que ella, no tenía. Poco a poco la fui observando y mientras más lo hacía, más le daba gracias a Dios por haber esperado tanto. Lo primero que hice fue decirle que me llamaba Pablo ... ella me dijo que Dolores pero que todo el mundo le decía Lola ...

Corroboré que la muchacha era más joven que yo; ya yo estaba en mis veinticuatro años y ella apenas pasaba de sus veinte. Su cara, qué fue lo primero que yo noté de ella en el viaje, era simplemente hermosa. No usaba prácticamente nada de maquillaje ese día y en realidad no le hacía falta. Sus ojos eran grandes y del color de la miel, su cutis parecía porcelana y tenía un pelo ondulado largo y hermoso. ¡Una verdadera india de las que abundan en mi país!, pero les aseguro que ni la misma Anacaona comparaba con ella. Ahora con detenimiento también pude notar que era como de mi estatura y que tenía tremendo cuerpazo. Se me hacía muy difícil pensar que no tuviera compañero porque estaba bien buena ... divina diría yo. Sus tetas eran grandes y redondas, como nos gustan a los hombres y tenía tremendas nalgas que con el pantalón que tenía puesto se le acentuaban más todavía.. Yo no puedo creer lo que está pasando, mi fortuna no puede llegar a tanto.

La joven me invitó a sentarme y me ofreció una cerveza. La acepté aún siendo tan temprano en la mañana porque la realidad es que me estaba quemando por dentro y tenía que apagar con algo ese fuego que no sabía cómo controlar. Cuando se viró a buscar la fría pude observar con más detenimiento el cuerpazo que tenía; también para mi sorpresa la condená tenía un yistro que me voló la cabeza. Respiré profundo y esperé; yo nunca había estado con una mujer, pero de ahí a no mirar, y para serles honestos, no hacerle cerebro y fantasear, hay un abismo. Porque quiero dejar claro el hecho de que no porque yo no haya estado con una mujer nunca, no quiere decir que no me gustan o no me atraen. Por el contrario, lo que pasa es que soy muy tímido, posiblemente por mi complejo de campesino. Imagínense entonces como debo estar o como se dice por ahí vulgarmente, el queso que debo tener. Y sin quererlo… coño, no me lo van a creer, me volvió a pasar como en la yola, no puede ser que se me esté poniendo así el miembro porque eso sería una vergüenza. Traté de pensar en otra cosa a ver si la cosa se bajaba, pero no tuve éxito; y en eso la joven llegó con la cerveza. Yo no sé si se dió cuenta o no, pero no comentó nada, se sentó frente a mi en un sillón y comenzó a contar la historia de su vida.

~

La joven era natural de El Seibo. Yo no conozco El Seibo, ni sé donde carajo queda. Salvo mi pueblito de Cotuí y lo poco que conocí de la capital no conozco nada más de la República Dominicana. No tenía idea de cómo compara su pueblo con el mío, pero por su descripción, asumo que uno es tan miserable como el otro. Al menos nuestro origen es parecido, eso es un un buen comienzo. Su familia también es campesina y con la misma miseria y necesidades de la mía. En el caso de ella son siete hermanos entre varones y hembras. Ella es la menor y prácticamente todos viven en el exterior. En Puerto Rico hay dos varones y esta hermana, la que reside aquí en Barrio Obrero, que es la que va antes que ella y la que le ha dado albergue aquí en la isla.

Sus hermanos de Puerto Rico fueron los que pagaron por su pasaje. Ellos también en su momento vinieron de ilegales aunque ya todos tienen sus papeles en orden. Mi amiga todavía no y ese va a ser, me he propuesto, uno de mis primeros proyectos en nuestra relación; legalizar su estatus migratorio. Yo hago planes e inclusive me refiero a ella como si existiera ya un compromiso entre nosotros, sin tener en cuenta que prácticamente no la conozco y que en cualquier momento me puede decir o demostrar que no le intereso ... o tan sencillo como decirme que tiene a otro. Pero la confianza y la certeza de que lo nuestro va a funcionar es tan grande que me tomo ya esas libertades.

Al llegar a Rincón aquel día memorable uno de sus hermanos la estaba esperando; de allí vinieron a Barrio Obrero a casa de su hermana y rápido comenzó a trabajar en un lugar que ya le habían conseguido cuidando a una viejita en el Condado. La anciana salió más dura de lo que se esperaba y todavía sigue dando candela por lo que prácticamente mi amiga no conoce otra cosa que no sea el lugar donde trabaja y el área de Barrio Obrero que lo ha ido conociendo los fines de semana que viene a visitar a la hermana y su familia. Los hermanos ya no viven en el barrio; uno reside en Carolina y el otro en Bayamón. Parece que han ido echando hacia adelante y han progresado.

La joven demostraba también un gran deseo de progreso, unos principios de hogar y familia similares a los míos y además me daba la impresión de que yo le agradaba, aunque por la poca experiencia y "tigueraje" que yo tenía podía estar equivocado. Lo que sí les aseguro es que era una mujer decente y que no se había dedicado a vagabundear aquí en la isla.

A mi practicamente no me había dado oportunidad de hablar. Ya era la una de la tarde y era evidente que la familia se preparaba a comer. Yo me imagino que al menos por cortesía me invitarían, así que como mi deseo era intimar con la joven me adelanté y de la nada me levanté y la invité a comer y a dar una vuelta. Le dije que tenía vehículo y que conocía bastante bien el área metropolitana. Ella muy naturalmente aceptó sin condiciones mi invitación; le notificó a su hermana y le dijo que vendría más tarde. Fuimos a buscar mi carro que estaba estacionado bastante lejos de la casa y partimos.

Coño, esto pintaba mejor según pasaba el día. Dimos una vuelta por Barrio Obrero en algo que para ambos era una novedad ... era como estar en pleno centro de nuestra capital dominicana. La gente, el ruido, la música, en fin todo se asemejaba tanto a lo que conocíamos que era como estar en nuestro país. Ella seguía hablando aunque ya no de manera informativa, sino más bien como si fuera una amiga. Me gustaba lo que pasaba y me hacía sentir feliz, sospechaba que ella sentía lo mismo y eso me hacía más feliz todavía.

Yo comencé a contarle algo de mi y de mi vida aquí, pero no profundicé mucho porque prefería mejor el curso que llevaba nuestra conversación de amigos; para mi historia estaba seguro que sobraría el tiempo en otro momento. Fuimos a un restaurante que yo había conocido con el jefe; no era lujoso pero sí excelente y además ya me conocían y me daban un trato de cliente distinguido. Ella se debe haber impresionado sobre todo porque yo en vez de alardear fui muy humilde y guardé muy bajo perfil ante el servicio y las atenciones esmeradas de los empleados. Yo pedí una Medalla y la insté a que se tomara una también. No era mi deseo, ni mi plan seducirla con alcohol, sino que yo estaba en otro mundo y quería que el mismo durara para siempre. Bebimos, picamos, almorzamos y sobre todo conversamos durante toda la tarde. Sin darnos cuenta eran ya las seis de la tarde y entonces pagué y la llevé a su casa, no sin antes planificar para el día de mañana domingo que igual vendría a su casa sin ningún plan establecido que no fuera llevarla al final de la tarde a la casa donde trabajaba. Al despedirnos nos dimos un beso en la mejilla que ha vivido en mis recuerdos hasta el día de hoy.

Llegué ya de noche a mi apartamento en un estado de euforia que no puedo describir. Sabía que no podría dormir en la noche así que decidí darme un buen baño, ponerme cómodo, poner una musiquita suave y descorchar una botella de vino Cabernet Sauvignon que tenía en mi vinera. Así estuve en mi balcón hasta terminar con el vinillo y ciertamente me sentí más relajado y calmado que cuando llegué. Durante todo ese tiempo trataba de recapitular la experiencia vivida ese día. Le dí gracias a Dios por ser como era conmigo y me comprometí a hacer feliz a mi enamorada y tratarla el resto de nuestros días como se merecía.

~

El domingo se repitió la historia. Esta vez compartí brevemente con la hermana y el marido de la joven y luego de un par de cervecitas igual fuimos a dar un paseo y a almorzar esta vez a un restaurante chino de San Juan que también conocí con el jefe. Más tarde llevé a la muchacha al apartamento donde cuidaba a la viejita y ya con su número telefónico comenzó una relación, que si bien no era formal, se asemejaba mucho a una, sobre todo teniendo en cuenta que apenas hacía un fin de semana que nos conocíamos.

Tan pronto llegué el lunes a mi trabajo fui directamente a ver al jefe. Cerré la puerta y le conté detalle por detalle mi experiencia del fin de semana. Recibí todo el apoyo y el consejo del patrón demostrándome una vez más el cariño y el afecto que me tenía. Sentía de él el amor y la amistad que me hacía falta de un padre, que por razones de la misma vida, no me podía dar el mío verdadero. A mis amigos también les dí información aunque no tan precisa ni completa como lo hice con el jefe. Todos se alegraron y de igual manera sentí ese afecto genuino y buen deseo que se siente de un verdadero amigo.

Mi enamorada y yo caímos en una relación de mucha compañía que disfrutábamos ambos cada vez con más intensidad. Yo la buscaba el viernes en la tarde y la llevaba a casa de su hermana. Todo el fin de semana estábamos juntos y compartíamos en su vecindario. Salíamos a pasear, cenábamos, y comenzamos también a conocer los distintos lugares de la isla, muchas de las veces inclusive nos acompañaban "los cuñaos". Ya como a los tres meses de amistad le pedí que fuera mi novia. Ella aceptó y ese día por primera vez la besé. Fue algo natural y les confieso que fue la primera vez que besé a una mujer. Ella se dió cuenta pero lo que hizo fue hacérmelo fácil y actuar como si yo fuera un "tiguerazo".

Conocimos bien el Barrio Obrero recorriéndolo a pie y disfrutando lo que era como si fuera nuestro país. De hecho había agrupaciones de los distintos municipios y conocí y compartí con gente de mi querido Cotuí, aunque ninguno tan jíbaro como yo. ¡Coño y en verdad esto no tiene nombre! Aquí se consigue salami, cerveza Presidente, Ron Brugal, se come mangú, coño y lo que es el colmo, ¡hasta refresco rojo hay!

~

Ya siendo novios nuestra relación no dejó de fortalecerse. Ya yo empezaba a pensar en nuestro futuro y ambos comenzamos a planificar nuestra vida juntos. Una noche la llevé por primera vez a mi apartamento. La intención original fue el que ella quería cocinarme supuestamente un sancocho, algo que ella juraba que hacía como nadie. Yo compré todo lo necesario y unos vinillos que descorcharíamos y a los cuales ya yo la había introducido. A ella le deslumbró el apartamento porque aún con lo pequeño que era el lugar era extremadamente acogedor y yo que soy muy ordenado lo tenía bien puesto. Comenzamos con los vinitos y como que ambos fuimos relajándonos. Yo al principio estaba un poco tenso, porque aún cuando ya llevabamos varios meses de relacion, no puedo negar que yo era un neófito en esto de las relaciones entre parejas. El alcohol fue haciendo su efecto y antes de darnos cuenta estábamos grajeándonos, para usar la palabra que se usa en este país al referirse a lo que hacíamos. A mí me estaba gustando la pendejá y toda la timidez y vergüenza que yo siempre había sentido en lo relacionado al sexo se iban yendo. Mi novia sin yo darme cuenta de momento estaba totalmente desnuda. Y yo me dí cuenta que la visualización del cuerpo de ella que yo me había hecho en mi mente estaba equivocada. Por mucho, la india estaba mejor de lo que yo creía, inclusive mejor de lo que yo me hubiese imaginado que podía estar una mujer. Mi novia sabía que yo no sabía qué hacer, pero fue tan compasiva conmigo que antes de que yo lo supiera me había quitado la ropa y me estaba haciendo cosas que yo no sabía que se hacían, pero que ciertamente tenían un efecto en mí que me transportaron al infinito. ¡Esta pendejá me gusta! era lo único que se me ocurría pensar, y antes de darme cuenta y por un mero instinto animal la estaba poseyendo. ¡Si este no es el cielo estamos muy cerca de estarlo! Estuvimos amándonos como animales hasta el otro día en la mañana.

El sancocho se jodió. Y ahora yo caigo en cuenta que muy sabiamente mi novia, ahora mi mujer, es más inteligente que yo y me hizo muy fácil algo que para mí no lo hubiese sido. Les confieso que desde ese día no perdemos oportunidad de estar clavaos, porque coño, ¡qué bueno es!

~

Ya llevábamos un año de noviazgo y decidimos fijar la fecha de nuestra boda. Hacía ya varios meses, se puede decir que vivíamos juntos, porque cuando yo la buscaba los viernes a su trabajo veníamos directo a mi apartamento y ahí pasábamos el fin de semana. Nos encantaba vivir juntos y disfrutábamos tanto nuestro "hogar", que aún con lo pequeñito que era el apartamento, habíamos decidido que de momento nos quedaríamos viviendo en el. Ya yo tenía solidez económica para buscar algo más grande y mejor, sobre todo en un vecindario de más alto nivel, pero eso vendría después y no era una prioridad. Fijamos la fecha de la boda para dentro de dos meses. La boda sería algo sencillo y modesto y los padrinos serían mi jefe, que era como mi padre y la hermana de mi novia. No eran muchos los invitados; prácticamente los hermanos de mi mujer con sus familias y de mi parte, el jefe y su familia, los compañeros de trabajo aquí en la oficina, los que trabajaron conmigo en el proyecto de Santa Isabel, la hermana de mi compañero de trabajo que vive aquí en Barrio Obrero con su marido (mi amigo y salvador), mi primer jefe de Adjuntas y los amigos intelectuales contertulios que me visitaban. La boda iba a ser en una finquita urbana que tiene el jefe muy cerca de la zona metropolitana y tendríamos comida, bebida, un "perico ripiao" que conseguimos en el barrio y sería desde temprano en la tarde hasta el amanecer. La ceremonia religiosa se llevaría a cabo en la Iglesia del Carmen en Barrio Obrero a las doce del medio día.

El día se acercaba y todos los arreglos de la boda estaban listos. En realidad no era mucho lo que había que hacer y la ayuda de la familia de mi mujer, y tengo que reconocer que la de la familia de mi jefe, habían hecho que todo fluyera sin contratiempos. Nuevamente tenía que darle las gracias a Dios por la manera en que todo se desenvolvía. No puedo negar la falta que me hacía compartir este evento con mis padres y mis hermanos. Eso era imposible pero sé que ellos a su modo también estarían celebrando mi felicidad; además, qué afortunado yo en tener a una persona como es mi jefe, que ha hecho que mi separación familiar sea llevadera con todo el apoyo y aprecio que me dá.

El día llegó. No tengo que señalar que con la llegada del día también me llegó el dolor de barriga y las jodias diarreas. Pero eso ya era costumbre y lo manejaba mejor. Llegué a la iglesia temprano porque la ansiedad me estaba matando, en última instancia no sé porqué estaba tan nervioso porque éramos dos adultos que inclusive ya vivíamos juntos. Pero así fue … Al rato llegó el padrino y comenzaron a llegar los invitados. Finalmente a las doce en punto llegó mi novia. Mis rodillas parecían castañuelas del nerviosismo y la emoción. Yo no podía evitar mostrar mi felicidad y les tengo que confesar que nuevamente al ver a mi mujer con su traje de novia volví a experimentar ese efecto que ya ustedes conocen de mí; esa erección que como las diarreas me traiciona en los momentos menos indicado.

La ceremonia fue muy emocionante y hermosa. Aún con la tristeza que yo no podía evitar sentir ante la falta de mis familiares, todo fue gozo y alegría. ¡Que feliz yo estaba! Jamás ni en mis sueños pensé sentir lo que en este momento vivía. ¡Dios mío, ¿por qué me quieres tanto y todos los aquí presentes, por qué también?!

Fuimos a la recepción. Todo estaba hermoso y la felicidad y la alegría de los que celebrábamos no se podía ocultar. Había bebida para un batallón. Cerveza, romo, whiskey, vino, sidra, en fin de todo. De sorpresa para mí, mi viejo jefe trajo dos lechones de Adjuntas que comenzaron a asar en vara desde temprano en la mañana. Esto acompañado con todo lo típico de este país; arroz con gandules, pasteles en hoja, guineítos, morcillas y de postre tembleque. La música no paró hasta ya de madrugada y bailamos hasta más no poder. Finalmente nosotros nos fuimos y me imagino que los invitados también una vez nosotros lo hicimos. Al otro día temprano nos fuimos por una semana a un hotel porque nuestro deseo era ir de crucero pero como todavía mi mujer no estaba legal en el país no pudimos hacerlo. Pronto lo haremos, y esa será una segunda luna de miel.

Ahora nuevamente cambia mi vida … para mejor. ¡Gracias héroes de mi patria, por esa *revolución del sesenta y cinco!*

VII

Cuando regresamos de nuestra luna de miel nos establecimos como acordado en mi apartamento de Rio Piedras. Lola ya no trabajaba cuidando a la viejita porque con bastante tiempo de anticipación le había anunciado a sus patronos que por motivos de su matrimonio no seguiría trabajando. La familia estaba muy apenada porque mi mujer les había dado un muy buen servicio y ellos estaban más que agradecidos. De hecho nos desearon lo mejor y le hicieron un gran regalo a ella. Antes de irse Lola del trabajo, les consiguió a través de su hermana otra muchacha que la reemplazara, algo que también le agradecieron mucho.

Nuestra vida fluía bien. La adaptación y organización del hogar se nos hizo sencillo y nos acoplamos de maravillas, porque el hecho de que prácticamente ya vivíamos juntos, no quiere decir que siempre algunos ajustes hay que hacer. Los intelectuales me seguían visitando y una vez mi esposa los atendía, con mucha discreción se retiraba para darnos el espacio a nosotros de poder desarrollar nuestros temas como lo hacíamos antes. Mi jefe igual nos visitaba y salvo nuestra familia, era la única otra gente que visitábamos con alguna regularidad.

Algunos fines de semana íbamos a ver al antiguo patrono al pueblo de Adjuntas y allí siempre éramos muy bien acogidos por él, que se desvivía en atenciones y cariño.

Yo en el trabajo seguía cada día asumiendo más responsabilidades y para los empleados de la oficina y de los proyectos, era el segundo en mando en la compañía. Me sentía más que capacitado para el trabajo que estaba haciendo pero siempre actuaba con mucha humildad y bajo perfil; quizás por eso precisamente era que me consideraban y me querían todos los compañeros.

Tal como me había propuesto, una vez nos estabilizamos, fui con mi esposa a comenzar el proceso de legalizar su situación migratoria en el país. Visitamos al abogado dominicano de Barrio Obrero que había trabajado lo mío y ahí comenzó el proceso. El hecho de estar casada con un residente legal aparentemente hizo todo más fácil y ya a los cuatro meses recibimos su residencia permanente. A mi me faltaban todavía tres años para poder optar por la ciudadanía y eso pasaría sin que nos diéramos cuenta; entonces ya tendría de esa manera todos los beneficios y derechos que tienen todos los ciudadanos americanos.

Ya ambos siendo residentes *bona fide* de este país y de la nación americana, me entraron unos deseos incontrolables de ir a visitar a mis viejos y a mi familia y de paso hacer lo mismo con la familia de mi esposa y conocerlos. Con la mía yo había mantenido siempre contacto, entre otras porque seguía enviándoles religiosamente mi ayuda económica. Mi esposa con la suya no había tenido la misma suerte, no por otra razón que no fuera que contrario a mi, ella no tenía las facilidades de comunicación y mucho menos de ayudarles económicamente como yo. Entonces una vez ya decididos a hacer el viaje, comenzamos en el consulado dominicano en Santurce el proceso de obtener nuestro pasaporte dominicano. Yo creí que esto iba a ser un proceso sencillo, pero parece que los dominicanos seguimos con nuestra costumbre de complicar las cosas. El hecho es que nuestro pasaporte tardó tres meses en salir. Finalmente lo recibimos y estando ya cerca de la época navideña decidimos hacer nuestro viaje para celebrar nuestra Navidad con la familia.

Ya hacía más de diez años que habíamos abandonado nuestra patria y a ambos nos causaba una gran emoción por una parte y una gran ansiedad por otra, al no tener idea de lo que íbamos a encontrar allí. Como residentes en Puerto Rico teníamos el derecho de llevar regalos y enseres eléctricos para los familiares durante esta época de la Navidad, pero la realidad es que mi familia al menos, seguía viviendo en unas condiciones tan precarias que ni electricidad tenían en su casa. Entonces me vino una idea a la mente que ha sido posiblemente la mejor acción que yo he hecho en mi vida.

Decidí que le construiría primero a mis padres y después a mis hermanos unas casas seguras y adecuadas en nuestro campo de Cotuí. En ese entonces la construcción en la república era muy barata y le podría hacer unas casitas que aunque fueran modestas serían de concreto y muy superiores a lo que jamás podrían tener. Además era una forma de yo compartir con ellos lo que Dios me había dado, sabiendo que ellos nunca tendrían la oportunidad ya de lograr lo que yo había logrado.

Los ingenieros de la oficina me hicieron unos planitos de lo que yo quería y un listado de materiales para cada una de las estructuras. Finalmente el día del viaje llegó y yo iba más contento que el carajo. Mi mujer también iba igual de contenta, aunque en el caso de ella estaba bastante asustada, entre otras, porque salió de su casa a Puerto Rico siendo casi una niña y no sabía que encontraría en su familia. De momento me vino un pensamiento de algo que parecería sin importancia ... ¡coño, era la primera vez para ambos que nos montaríamos en un avión! ¿Y cómo será eso?

Pero así las cosas, llegamos al aeropuerto y cojimos nuestro avion. Era un viejo *jet* de Dominicana de Aviación y la impresión que daba es de que estábamos en pleno Barrio Obrero. La gritería, la gente dándose tragos de botellas de ron que llevaban escondidas, nenes caminando, gritando y jodiendo durante todo el viaje, en fin, la realidad de nuestra gente que no podemos ocultar ... pero son nuestra gente al fin y así somos. Finalmente llegamos y después del concebido aplauso al piloto bajamos del avión. Recogimos nuestras maletas, cojimos un taxi y decidimos quedarnos un par de noches en el

Hotel Jaragua. Así nos aclimataríamos un poco a nuestro país y tendríamos una idea de las diferencias con lo que nosotros conocíamos en Puerto Rico.

En esos dos días hicimos turismo, porque es un hecho que eso es lo que éramos. Conocimos algo de la ciudad y con el chofer que teníamos fuimos a la zona colonial y también a los lugares más populares de la capital a ver como actuaban y se comportaban nuestros compatriotas. Algo que no dejé de hacer fue ir a visitar a mis antiguos patronos de la farmacia para volver a agradecerles todo lo que hicieron por mi e informarles de lo bien que me iba todo en la isla. Y así, luego de esos dos días, el mismo chofer nos llevó a Cotuí.

Mi familia no sabía de nuestro viaje, pero como su vida se circunscribía a su barrio exclusivamente, yo no tenía ninguna duda de que allí los encontraría. Primero fuimos a un hotel en la ciudad y nos registramos. Un chofer del mismo hotel nos llevó donde nuestra familia. Aún era temprano en la mañana y el chofer nos recogería de vuelta a las seis de la tarde. No con frecuencia se veía un automóvil circular por el lugar, razón por la cual fue una novedad nuestra llegada. Toda la familia se lanzó a recibirnos, muchos de ellos sin imaginarse que éramos nosotros. Todo fue alegría y emoción hasta que me topé con los viejos, que por su edad y condición, fueron los últimos en llegar a recibirnos. La sorpresa para ellos fue tal que no pudieron evitar un profundo llanto de felicidad y agradecimiento a Dios que obviamente fue transferido a nosotros. Jamás había visto a mis padres expresar ningún sentimiento en sus vidas; eso parece que no es parte del equipaje de los pobres en mi país, pero en ese momento fue parte del milagro.

Nos reunimos en torno a la casa de los viejos. Con el mismo chofer que nos llevó yo mandé a comprar cerveza, romo, comida y de todo lo que se les antojara a los viejos y parientes. Mi emoción y felicidad era tal que yo no encontraba cómo ser yo ahora el que no expresara mis sentimientos. Hoy era día de fiesta, ya mañana hablaríamos de otras cosas, pero no hoy. Les presenté a Lola a toda mi familia. Ella estaba tan emocionada como yo y le dió órdenes directas al chofer de que trajera del colmado todo lo necesario para hacer un gran sancocho para toda la familia. Cuando regresó el chofer con todo lo que habíamos pedido lo despachamos, obviamente con un cambio en las instrucciones de recogernos. Le pedimos que nos buscara de vuelta a las doce de la noche, pero que viniera un poco antes si quería comer del sancocho.

La fiesta fue una locura ... Bebimos como cosacos, comimos como animales y cantamos y bailamos hasta el amanecer. El chofer no se quejó porque él compartió como si fuera de la familia y en gran medida lo fue, porque sacó un acordeón del baúl del carro y se convirtió en el alma de la celebración.

Al otro día no nos levantamos hasta después del mediodía y la resaca al menos en mi caso, era insostenible, pero como dicen por ahí, "sarna con gusto no pica". Para mi puede haber sido ese el día en que para los efectos reales, yo conocí a mi familia. En la tarde los visitamos y eso lo hicimos por los próximos tres días. En esos días supieron de mi vida, de mi progreso y de mi felicidad; yo también supe de la de ellos y sentí el agradecimiento y el amor genuino de familia cuando les hablé de la casita que le iba a construir primero a los viejos y después a mis hermanos. Iríamos a El Seibo por tres días también y de regreso me reuniría con un contratista que ya había ubicado en la ciudad y a quien le había dejado los planos de lo que quería. Si estábamos de acuerdo en el precio y las condiciones, le daría el adelanto para que comenzara la construcción.

~

Arrancamos para El Seibo. Nos llevó el mismo chofer que nos había estado dando servicio y que ya era como de la familia. El viaje fue largo y difícil, pero finalmente llegamos. De igual manera fuimos a un pequeño hotel en la ciudad y más tarde iríamos a la casa de los suegros. Habíamos salido de Cotuí de madrugada así que llegamos temprano a El Seibo y una vez registrados en el hotel, allí mismo nos prepararon desayuno a los tres. El chofer nos llevó a casa de la familia y regresó de vuelta a Cotuí.

No fue muy distinta la experiencia con los suegros. Fue prácticamente una repetición sin cambios de lo vivido con mi familia ... las mismas emociones, la misma felicidad y la misma alegría. Los lugares, la pobreza y la necesidad eran las mismas parece que en todos los municipios de la república y la aceptación de esos males y la impotencia de la gente también. El campo y la ciudad eran iguales a los míos de Cotuí, las viviendas de igual modo precarias y sin facilidades. En el caso de los suegros había una muy pequeña diferencia y es que como todos sus hijos estaban en el exterior, ya hacía tiempo que les ayudaban y su vivienda, sin dejar de ser lo mínimo, estaba un poco mejor que la de mi familia. Con el tiempo yo también le ayudaría a construir su casita, posiblemente una igual a la de mis viejos. Para mi mujer su experiencia fue igual a la mía, finalmente "conocía" a sus padres y ver su alegría y su felicidad era razón suficiente para hacer este viaje al menos dos veces al año ... y así será, se lo prometí.

Regresamos a Cotuí antes de volver a Puerto Rico. Acordé con el contratista el precio y el tiempo de ejecución del trabajo de construcción de la casita de mis padres y le dí su adelanto. Volvería en tres meses a recibir la obra y hacerle el pago final según acordado.

~

Regresamos a Puerto Rico y ya con todos los festejos navideños terminados nuestra vida retomó su curso. En el trabajo todo seguía siendo progreso igual que en mi hogar, la relación que tenía con mi mujer mejor no podía estar y la amistad con los intelectuales de igual forma.

Pero no me iba a sentar a mirar mi vida pasarme por el lado y aunque todo en mi existencia me sonreía, llegó el momento de comenzar un nuevo proyecto … hacer que mi esposa obtuviera su diploma de escuela superior. Como ya yo conocía los pasos necesarios para formar parte del programa de educación en el hogar se me hizo fácil matricularla y así comenzó ella con el mismo entusiasmo con que lo hice yo. Como ella estaba un poco más atrasada que yo en su educación le tomó tres años obtener su diploma, pero finalmente lo logró.

Mi mujer demostró que también era inteligente y que aprendía rápido. ¿Cuántos serán nuestros compatriotas, no solo aquí, sino sobre todo en la república, que por falta de oportunidades educativas y de orientación no desarrollan su inteligencia y por consiguiente no mejoran sus condiciones de vida? Me volvía a hacer la pregunta porque nosotros dos somos el ejemplo vivo de un desarrollo intelectual y económico que por falta de esas oportunidades jamás nos hubiésemos superado en nuestro país. Y en el ínterin ambos estudiábamos también inglés y yo por cuestiones de trabajo y porque llevaba más tiempo estudiándolo se podía decir que era ya totalmente bilingüe.

Nuestro apartamentito nos encantaba y mucho más los vecinos y el lugar, pero ciertamente se nos comenzaba a hacer pequeño. Yo estaba en una muy buena posición económica en ese entonces y podía aspirar inclusive a lugares más exclusivos y de más alto nivel social. Aún así lo que determinamos fue esperar al menos tener nuestro primer hijo antes de mudarnos. El crecimiento de nuestra familia ya estaba en su tiempo y pronto se nos iba a dar, así que esperaríamos.

~

Había llegado el momento de regresar a Cotuí a recibir e inaugurar la casita de los viejos. El viaje lo haría yo solo porque sería solamente de una semana y mi mujer prefirió quedarse. Hice arreglos desde Puerto Rico con el chofer de Cotuí que nos dió servicio y el día que llegué a la república allí estaba fielmente esperándome. Sin pensarlo arrancamos para mi pueblo y al llegar esta vez sí me esperaban. Todos eran rostros de alegría y júbilo y a mi se me hizo fácil el adivinar por qué. Justo al llegar fuimos todos a ver la casita. Esta era una humilde estructura de dos habitaciones, sala, comedor, cocina, un baño y un amplio balcón a todo lo ancho de la casa y que serviría de sitio de reunión para toda la familia. Junto al ingeniero inspeccionamos la propiedad y la aceptamos; en última instancia la inspección fue solo un formalismo porque el pobre constructor tuvo durante toda la obra a la familia entera supervisándolo al ser la construcción de la casa una novedad… y no habiendo mucho que hacer por allí estaban todo el día dando vueltas a la misma. Uno de los compromisos que tenía el ingeniero conmigo era el de emplear a algunos de mis hermanos o cualquier otro pariente para trabajar en la construcción del inmueble y así lo cumplió. Entonces le pagué y ahí mismo le entregué el adelanto para construir la primera de las casitas para mis hermanos. Ya el precio y las condiciones las habíamos previamente negociado y así se fue repitiendo este ritual hasta terminar la última de las casitas. Concurrentemente había construido la de mis suegros ... y así cumplí con mi promesa, y porque no decirlo, con mi sueño de ver a todos mis familiares viviendo en casas modestas, pero decentes y dignas.

~

Regresé de este primer viaje de construcción más feliz que el carajo. Entonces en verano me cogí diez días de vacaciones y me fui con mi mujer de crucero. ¡Coño, pero esto sí que es una vaina ... y yo que pensé que en algo así era que vendríamos a Puerto Rico! Mis cuñados de Barrio Obrero nos acompañaron en el viaje, porque el hecho que uno esté en un nivel económico y social superior a ellos no nos da derecho a no querer juntarnos y rechazarlos y mucho menos a olvidar nuestro origen y nuestras raíces. Y no les puedo negar que la pasamos de maravillas porque hay una realidad innegable; los caribeños, sobre todo los de nuestras islitas, nos podemos comportar muy mal en nuestro país, y podremos ser alborotosos e indisciplinados, pero cuando estamos con un grupo de gente como los americanos, que se saben comportar, entonces los imitamos sin ningún problema y como si fuera lo más natural en nosotros. Bebimos, comimos, bailamos y disfrutamos hasta más no poder ... pero lo más grandioso del viaje es que mi mujer quedó embarazada en el mismo.

Ya yo casi llegaba a mis treinta y mi mujer pronto llegaría también, así que la planificación de su preñez no pudo ser más acertada, ni venir en mejor momento. La noticia se corrió entre nuestras amistades y relacionados y recibimos el amor y el cariño de todos ellos. Yo soy afortunado, no lo puedo negar. Saber por todo lo que he pasado y sin embargo verme en la posición que estoy y de toda la consideración que me tienen, ciertamente hace que cada día le de más gracias a mi Dios … y guardando las distancias, como dicen en mi pueblo, a todos esos patriotas que dieron su vida en *la revolución del sesenta y cinco*, que fue lo que me trajo aquí.

~

Al conocer la noticia el jefe apareció en casa una noche y nos ofreció vendernos una casa que había sido antes su residencia y que él tenía todavía en una de las mejores urbanizaciones de Guaynabo. El lugar era una urbanización de las clásicas de clase media y media alta que había en el área y que de seguro el vivir ahí sería el sueño de toda esa clase incipiente de nuevos ricos que recién se empezaba a formar en la que ahora era mi segunda patria. La oferta era ridícula, inverosímil si se puede decir, sobre todo teniendo en cuenta que el jefe tenía dos hijos para quien muy bien podría ser esta la casa futura de uno de ellos. El jefe nos llevó al banco donde él tenía sus cuentas y me imagino que por esa razón nos consiguió una hipoteca a unos términos muy cómodos y ventajosos y donde prácticamente yo pagaría lo mismo que pagaba ahora de renta por mi apartamentito. Lo que era el pronto de la propiedad por decirlo así, yo se lo iría pagando poco a poco según yo pudiera. Pero eso no fue todo. El patrón me envió una brigada para acondicionar la casa y hacerle cualquier mejora que yo quisiera, pero que en realidad no fue necesario porque la propiedad estaba como nos gustaba a ambos. ¡Imagínense que esta era la residencia del jefe, como iba a estar!

Yo era una persona joven, cumplía a cabalidad con mi trabajo y era honesto y decente; las cualidades que cualquier patrón quisiera de un empleado de confianza ... pero aún así vuelvo y pienso; ¿cuántos más preparados y con más experiencia que yo pudo haber contratado el jefe para hacer mi trabajo? No puedo evitar seguir pensando que hay algo en la historia del patrón que yo no conozco pero que ciertamente es la contestación a toda la fortuna que he tenido yo a su lado. El tiempo dirá. Por ahora lo único importante en mi vida es el nacimiento de mi hijo.

VIII

A los dos o tres meses de tener la casa nos mudamos. La misma ya había sido acondicionada y pintada y la realidad es que estaba espectacular. Le avisamos a nuestro casero que nos mudaríamos con bastante tiempo de antelación para que así él buscara un nuevo inquilino sin mucha prisa. La mudanza fue sencilla, era poco lo que teníamos en nuestro apartamento, sobre todo por lo pequeño que era. El resto de los muebles, la mayoría, los compramos nuevos con ahorros que yo tenía y al gusto de mi mujer.

En el vecindario de nuestro apartamento nos organizaron una tremenda fiesta de despedida. Yo había estado en el condominio por espacio de casi diez años y la cantidad de amigos que había hecho era considerable. Lo mejor es que eran tan buenas amistades que aún yéndome yo del barrio, sé que esas amistades perdurarán por siempre. Éramos alrededor de cincuenta personas y había bebida, comida y música y aunque nosotros, por el estado de mi mujer nos fuimos más temprano, el resto de los presentes se amanecieron fiestando. Tuve un recuerdo de aquellas fiestas de despedida que me hicieron mis compañeros de trabajo en Adjuntas y sobre todo después en Santa Isabel y no pude evitar emocionarme al pensar que habían sido aquellas las únicas veces en mi vida que se hacía algo en mi honor.

Ya mi mujer comenzaba a sentir el agotamiento natural de su estado de gestación y en cualquier momento esperábamos a nuestro hijo, que de hecho ya sabíamos que era varón. Una noche llegó el momento y arranqué con ella como un loco hacia el hospital. Creo que estaba más nervioso que ella y todo parecía indicar que era yo el que iba a parir. No puedo negar que se me olvidó todo lo que aprendí en las jodias clases de parto sin dolor y en ese momento no podía coordinar, ní organizar mis pensamientos.

A duras penas llegué al hospital. Mi mujer estaba como si nada; me imagino que por ser esta una labor propia del género femenino, la naturaleza las prepara para esperar ese momento como un acto natural. Yo no ... yo me estaba nuevamente cagando encima en una reacción que ya saben era común en mi. Yo histérico y mi mujer como si nada ... Y pensar que en las clases de parto me enseñaban para que fuera yo el que la calmara a ella y no alrevés como estaba pasando en la realidad.

Llevaron a mi esposa a la sala de parto. Yo, que se supone que la acompañara en el proceso preferí no entrar, porque creo que hubiese entorpecido las labores y por mi condición de nervios le haría daño a mi mujer. El tiempo pasaba y nada, los minutos eran tan largos como aquellos que transcurrían en nuestro viaje en yola y que nunca he podido olvidar. En un momento de claridad mental llamé a mi patrono y a los hermanos de mi mujer, no por otra razón que no fuera para darles la noticia, porque en realidad no esperaba que vinieran a acompañarnos aún cuando ya amanecía. Habían pasado alrededor de seis horas desde que llegamos al hospital y en eso salió el médico obstetra ... Yo me volví a cagar, pensando no sé porqué, que me traía una mala noticia. Pero fue todo lo contrario ... sin mucha emoción de su parte, como debe ser ya su costumbre, me dió la más grande noticia que hasta en ese momento había recibido en mi vida ... mi hijo había nacido y tanto él como mi mujer estaban en perfecto estado de salud. Me invitó a que entrara con él al área de *recovery* donde los podría ver a ambos. Al verlos por poco me muero y lloré como nunca antes lo había hecho en mi vida. Le dí las gracias a Dios por seguir siendo tan generoso conmigo y en ese mismo instante decidí que el niño se llamaría Francisco Alberto ... como el Coronel Caamaño, el más grande y valiente patriota que ha dado mi país, y a quien le debo, sin que él lo supiera, el haber decidido el rumbo que ha tenido mi vida.

Mi mujer salió del alumbramiento como si nada y ya al otro día los dieron de alta una vez tanto el ginecólogo la examinara a ella y el pediatra confirmara que el nene no estaba amarillo y que todo estaba bien. Llegamos a la casa y nos acomodamos. Minutos después y como si estuvieran esperándonos, llegaron el jefe y su mujer. Pocos minutos más tarde llegaron los hermanos de mi esposa y un poco después la hermana de ella con mi cuñado. Descorché un par de cavitas que tenía en mi vinera y después de brindar saqué unos vinillos. ¡Ya era de tarde y no había razón para no celebrar! Mi cuñada preparó una picadera con cosas que había en la nevera y festejamos en familia tan importante evento. Mi mujer nos acompañó porque estaba como si nada y el nene por su lado solo molestaba para comer y lo que hacía es que le caía a las tetas de mi doña como yo lo hacía en otros tiempos. En esa misma celebración familiar mi esposa y yo le pedimos nuevamente a mi jefe y a la hermana de ella que fueran los padrinos de nuestro hijo. La historia de nuestra vida y ahora la de nuestra criatura no se podría escribir sin que formaran parte de ella las dos personas que habíamos seleccionado otra vez como compadres; por un lado mi jefe por todas las oportunidades que me ha dado y por ser un padre para mí, y por otro mi cuñada que fue la que albergó y encamino a mi mujer aquí en la isla.

Varios meses más tarde, ya con el nene un poco más durito, se hizo el bautismo. En Puerto Rico este es un evento de gran importancia y conlleva una solemnidad y una espiritualidad que no es la costumbre en el mío. De hecho, como el lechón en la Navidad, ese día del bautizo lo mandatorio es un fricasé de chivo, llamado cabrito en Puerto Rico, con arroz blanco, tostones, ensaladas y bebida hasta caerse uno de borracho. El de nuestro hijo no fue una excepción y como teníamos un patio grande se instaló una carpa con mesas y sillas que alquilé. En

Barrio Obrero conseguí el mismo "perico ripiao" de nuestra boda y nos amanecimos de fiesta. Así comenzaba una nueva etapa de nuestra vida ... el hogar que crecía y cada día más se unía.

~

El tiempo pasaba y cada día más agradecido a Dios y más contentos en nuestra vida. A la república, como le prometí a mi mujer, íbamos dos veces al año y visitábamos a ambas familias. Ya todos, incluyendo a mis suegros, tenían sus buenas casitas de concreto, y todas con agua y con luz. Nuestro hijo era americano y se nos hizo fácil sacarle el pasaporte, por lo que ya lo habíamos llevado en nuestros viajes para que la familia lo conocieran.

En mi trabajo yo me había integrado como si fuera un dueño más del negocio. El jefe me había nombrado vicepresidente y hasta firma en la cuenta bancaria tenía. Cada día el dueño me delegaba más funciones y el intervenía menos, aunque siempre consciente y pendiente de lo que yo hacía. Sus hijos ambos estudiaban ingeniería en el Colegio de Mayagüez y una vez terminaran sus estudios, que sería pronto, vendrían a dirigir de seguro la empresa como sus propietarios. Eso a mi en lo más mínimo me preocupaba porque eran muchachos que yo conocí desde muy pequeños y me querían y respetaban como a otro más de la familia.

En la parte social también nos desenvolvíamos adecua-damente. Los intelectuales siguieron con nuestra amistad aún después de nuestra mudanza y nos visitaban a tertuliar con más frecuencia inclusive de lo que yo creía. Ahora con el niño, también se unió mucho más nuestra familia y los cuñados también nos visitaban y compartían con regularidad. Todo marchaba a pedir de boca y con la estabilidad que teníamos, tanto familiar como económica, tomé otra decisión crucial en mi vida ... cogí el examen del *College Board* para ingresar en la Universidad de Puerto Rico.

Pasé el examen con muy buena calificación y me matriculé en la Facultad de Comercio para obtener mi grado en Administración de Empresas. Yo estaba consciente de todo lo que había progresado en mi empleo aun sin tener un grado académico universitario y además de que por no tenerlo no iba a haber impedimento para seguir escalando profesionalmente en mi desempeño laboral. ¡Recuerden que me llamaban "el ingeniero" y en mi vida había estudiado yo ni una clase de esa profesión! Pero esto era algo personal y algo que yo quería ... un campesino de lo más remoto de Cotuí con un grado universitario de la Universidad de Puerto Rico, ¡se imaginan lo que eso significa!

Comencé mis estudios por las noches y los sábados. Como yo tenía una cierta libertad en mi trabajo y además todo el apoyo y respaldo de mi patrón podía estudiar dos materias completas en los veranos y así logré terminar mi carrera de licenciado de Administración de Empresas en cuatro años. No sé de nadie que estudiando de noche y los veranos haya hecho esto antes, pero yo tenía el empeño y además las ventajas de poder disponer de tiempo en mi trabajo y lo pude lograr. De más está decir que jamás falté a mis responsabilidades como ejecutivo de mi compañía porque el trabajo obviamente era mi prioridad.

Ya estando a punto de solicitar mi ciudadanía americana por el tiempo que llevaba de residente y por amistades que tenía el patrono logré conseguirle visa americana de turista a mis padres para que vinieran a mi graduación y a pasar una temporada con nosotros. Los expondría a una experiencia que ellos jamás ni hubiesen soñado; no solo conocer un país mucho más desarrollado que el nuestro y con costumbres y libertades que nosotros no teníamos, sino además, ver las condiciones a las que yo había llegado con la ayuda y bendición de mi Señor.

Los viejos llegaron una semana antes de mi graduación acompañados de mi que los fui a buscar a Cotuí. Yo no quería que vinieran solos porque aunque todavía estaban claros de mente y bastante bien de salud no los quería someter a un cambio tan radical como montarse en un avión, algo que nunca habían visto antes y mucho menos llegar a un país que aunque muy similar al nuestro, no lo era. Fuimos a nuestro hogar acompañados de mi esposa y el niño que nos habían ido a buscar al aeropuerto en uno de nuestros vehículos. Ellos estaban los pobres en otro mundo y aún con la gran pena que yo sentía al verlos extasiados, no sentía ninguna vergüenza en que fueran mis padres y no conocieran nada de lo que vivían en este momento; eran mis viejos y al igual que con mi remoto y atrasado pueblito en Cotuí, yo no olvido y mucho menos niego mis raíces.

Al llegar a nuestra casa por poco se caen de culo. En su vida, no sólo no habían visto una estructura como la nuestra, sino que ni se imaginaban que pudiera existir una casa así, sobre todo al ver la cocina con todos sus electrodomésticos y los baños. Mucho menos ni soñar con una piscina, algo que jamás habían visto ni conocido en sus vidas. Los acomodé en su habitación y les prendí su aire acondicionado. Los viejos, los pobres, no podían ni articular palabras; pero lejos de sentir bochorno yo por su jibarería y falta de conocimientos, era todo lo contrario. Sentía un gran orgullo y una extraordinaria alegría al ver cómo se exponían a situaciones que no conocían.

Y finalmente llegó ese gran día; mi graduación … y demás está de decirles lo que me pasó ese día porque ya saben lo que me ocurre en esas ocasiones especiales. La ceremonia se efectuó en el Teatro de la Universidad de Puerto Rico, uno de los lugares más solemnes que existe en el país. No cabía un alma entre los graduandos y los orgullosos familiares que en su mayoría iban a ver a sus hijos graduarse y lograr uno de los más grandes sueños de la vida. El orgullo y la emoción que yo sentía no la puedo describir, sobre todo viendo a mis viejitos en una ceremonia que nunca hubiésemos pensado y con un orgullo por su hijo que no le cabía en el pecho. Igual se veía mi mujer, radiante de felicidad acompañada de nuestro hijo y de otro que ya llevaba en su vientre.

Bajo los acordes de los himnos nacionales y el de la Universidad de Puerto Rico los graduandos desfilamos. Por mi sentimentalismo y nerviosidad en este tipo de actividades tan emotivas me pasan dos cosas; primero, la jodias diarreas que nunca fallan y después como resultado de la emoción, no pueden faltar mis lágrimas. La ceremonia fue muy emotiva y solemne. Recibí con un gran orgullo y una gran humildad el diploma que certificaba mi grado académico. Finalmente la ceremonia terminó y desfilamos entonces abandonando el recinto. Los viejos, mi mujer y mi hijo esperaban afuera con las mismas lágrimas que yo salí. Luego de largos besos y abrazos fuimos a casa donde nuevamente tenía una celebración similar a la del bautizo del niño.

A mi gran fiesta de graduación fueron invitados los mismos de las otras celebraciones importantes de mi vida. Además me acompañaron todo el grupo de mis amigos contertulios que rebosaban de alegría entre otras porque estaban seguros, como de hecho era verdad, que quizás influyeron en mi decisión de estudiar y lograr un grado académico. Como ya era mi costumbre en la fiesta "boté la puerta por la ventana" , había comida, bebida y música hasta el amanecer. Después de todo, nosotros no hacíamos con frecuencia este tipo de actividades, sino para ocasiones especiales en nuestras vidas. Creo que fue la primera vez, que yo recuerde, que me emborraché, pero el evento y la compañía justificaba mi proceder. La mera presencia de mis viejitos, mi mujer y mi hijo celebrando junto a mi tan solemne evento hicieron de la actividad una de las ocasiones memorables de mi historia. De todas maneras no cometí ninguna imprudencia y además estaba en mi casa.

Todo siguió su curso sin mucha variación. Los viejos estuvieron en mi casa por alrededor de tres meses y tuve la oportunidad de llevarles a conocer junto a mi esposa e hijo toda la isla y gran parte de mis amistades. Conocieron el lugar por donde entramos en la yola a la isla; mi primer lugar de trabajo y a mi primer patrono en Adjuntas; el proyecto de construcción en Santa Isabel donde trabajé después y conocí a mi actual jefe y la casita donde me hospedé mientras trabajaba en el proyecto. Luego conocieron el apartamentito donde vivimos y a todos esos queridos vecinos que siguen mostrándome ese gran aprecio y respeto. ¡Que satisfacción el poder compartir con los viejos todos esos lugares y momentos que tanto han significado en mi vida, y qué orgullo siento de ellos al ver cómo me quieren y comparten en su más íntimo ser todo lo que yo he podido lograr!

~

Llevé a los viejos a Cotuí de vuelta y estuve esta vez con ellos en su casita por una semana. Disfruté grandemente todo este proceso, no sólo su visita a Puerto Rico, sino también esa semana en Cotuí junto a ellos y el resto de mi familia. Luego de esta experiencia establecí repetirla una vez al año y ya sin que nadie lo supiera yo estaba en el proceso de conseguirle visa a mis suegros para darle la sorpresa a mi mujer y los cuñados con la visita a Puerto Rico de sus padres.

Logré sacarle la visa y los fuí a buscar a El Seibo sin que nadie en la familia lo supiera. ¡Imagínense la sorpresa de mi mujer al irme a buscar al aeropuerto y toparse con sus padres que me acompañaban! Esta vez fue ella la que se cagó encima y su emoción fue tan grande que yo temí que perdiera la criatura que ya en semanas tendría.

Todo lo que viví con mis padres se repitió nuevamente y esta vez con una situación añadida que fue el nacimiento de nuestra hija. Esta vez toleré mucho mejor el evento quizás por la presencia y compañía de mis suegros ... ¡Que no quiere decir que no padecí todos esos síntomas que son parte de mi en eventos especiales y ya todos conocen! ... Y no me lo van a creer, pero nuevamente tengo que darle las gracias a Dios por ser como es conmigo. Algún día Él me hará saber cómo yo le corresponderé por todo lo que me ha dado y yo espero por ese día. Y su generosidad conmigo esta vez no fue otra que nuestra niña sacó los genes de su madre. ¡Coño mira que es linda la indiecita esa carajo! Los mismos ojos de mi mujer, su mismo pelo y sobre todo ya desde hoy apuesto que tendrá el mismo cuerpazo de mi doña, que dicho sea de paso conserva hasta el día de hoy ... como si estuviera todavía en garantía. De más está decir que le pusimos por nombre Virgen de la Altagracia, para honrar y recordar por siempre a nuestra querida madre patrona.

Pareciera que reproducía vivencias pasadas en estos días entre el parto de mi mujer y la visita de mis suegros. Con la niña hicimos un bautizo similar al de nuestro hijo; igual la bebida, el cabrito y la música. Mucha solemnidad durante la ceremonia y después mucha alegría y mucha fiesta, compartiendo con nuestros queridos amigos y familiares. Los padrinos fueron mi original patrono de Adjuntas y una de las cuñadas de mi mujer. La vida me seguía sonriendo y se podía decir que era un hombre de éxito. Pero algo les aseguro y es que jamás se me habían ido los humos a la cabeza y seguía siendo el mismo campesino que a causa de *la revolución del sesenta y cinco* había abandonado mi patria hacía ya casi veinte años.

Luego de tres meses de visita y ya mi mujer y la niña encaminados, llevé a mis suegros a El Seibo. Regresé y la vida siguió su curso. Ya el nene iba al colegio y yo me encargaba de llevarlo en la mañana y recogerlo en la tarde al menos mientras todavía la nena fuera bebé. Parece que al niño le iban a gustar los estudios algo que causó en mí una gran satisfacción. Obviamente era muy prematuro saberlo pero eso era lo que parecía. La niña se desarrollaba normalmente aunque algo más tranquila que el varón, o pudiera ser también que como teníamos más experiencia se nos hacía más fácil el poder bregar con ella. Mi mujer aún con sus dos partos seguía bella y cada día la amaba y me gustaba más. Y así seguía nuestra dicha y nuestro hogar … cada día mejor.

IX

El jefe cada día me delegaba más responsabilidades y se podría decir que yo era el que manejaba el negocio. Aún así él siempre sabía todo lo que pasaba en la oficina y las decisiones más importantes las tomaba él, aunque siempre escuchaba mi opinión antes de tomarlas. Cada vez mi recomendación coincidía más con lo que finalmente él decidía, lo que a mi me indicaba que mis destrezas empresariales iban mejorando. El negocio crecía y tenía muy buenos beneficios, además siempre había grandes proyectos, algo que me llenaba de orgullo y confianza. Yo sospechaba que toda esa confianza que demostraba el patrono hacia mí tenía algún propósito aunque en este momento yo no podía imaginarlo.

Mi hogar funcionaba bien y siempre era muy estable. La niña creciendo y el muchachito yendo a la escuela y desarrollándose también en otras actividades. Lola y yo ocasionalmente nos escapábamos y cogíamos un par de diítas de vacaciones, siempre contando con la ayuda de alguna de las cuñadas que se llevaba a los nenes para su casa. Las amistades siempre nos visitaban y compartíamos mucho incluyendo a nuestros familiares que seguíamos visitando y reuniéndonos en Barrio Obrero, por aquello de renovar nuestras costumbres y raíces. Cuando coincidíamos todos en el barrio lo que hacíamos es que nos íbamos a algún cafetín, que no es otra cosa que un colmadón, y entonces ese día sacábamos toda nuestra nostalgia y patriotismo y eso era nada más que Brugal, Presidente, salami, quipes y longaniza. ¡Me encantaban esos encuentros!

Con los viejos y los suegros seguíamos cumpliendo según acordado. Los visitábamos dos veces al año y cuando ellos podían nos venían a visitar. Sus visitas cada vez se distanciaban más ya que los años le hacían un poco difícil sus viajes así que finalmente éramos nosotros exclusivamente quienes los íbamos a visitar, siempre cargados de regalos y necesidades, que si no había alternativas le llevábamos en el *ferry*.

Ya estaba en mis mediados treinta casi llegando a los cuarenta y empezaba a sentir que ya no era un muchacho. Sentía una gran necesidad y pudiéramos decir inclusive responsabilidad de hacer algo por todos estos compatriotas dominicanos que ciertamente no habían sido afortunados como yo, pero que eran hermanos de la patria y pasaban necesidades por no tener quien los orientara y los aconsejara por falta de fondos. Yo quería ser esa persona y entonces nuevamente en una de esas decisiones que pueden parecer descabelladas solicité, y una vez aceptado me matriculé, en la Escuela de Leyes de la Universidad de Puerto Rico. Obviamente mis clases eran nocturnas y el currículo era de una duración de cuatro años. Me esforcé como nunca nadie y logré terminar mi carrera en tres años y medio. Qué me impulsaba en ese afán, cada día se me hacía más evidente; Dios había hecho tanto por mi, que como les dije anteriormente, esta pudiera ser la manera que Él me estaba pidiendo que le agradeciera toda su generosidad … ayudando a los desvalidos, en este caso a los que tuvieron que abandonar su país de forma ilegal y arriesgando su vida sólo para poder sobrevivir en la desgracia que vivían.

Una vez me gradué cogí y pasé la reválida que me acreditaba para ejercer mi profesión en el país. Me faltaba la reválida federal para ingresar en lo que aquí llaman el "*bar*" que no es otra cosa que el equivalente al Colegio de Abogados Federal y que me permite postular y ejercer mi profesión en las Cortes Federales. Esa era la acreditación que yo necesitaba para poder representar a mis compatriotas en los procesos migratorios y de legalización de documentación, y también para poder representarlos en Corte en casos de violación de derechos civiles y humanos producto del discrimen racial. Todos mis trabajos tenían la intención de que fueran "*pro-bono*" y el representado solo pagaría los gastos que impusiera la corte y el departamento migratorio por la radicación de los documentos.

Siendo esta la realidad me entrevisté con el "alcalde" dominicano de Barrio Obrero y le notifiqué de mis intenciones. Ya que yo no iba a cobrar nada por mis servicios le pedí que me consiguiera para los días sábado un local libre de costo y como contribución de la misma comunidad. Pretendía estar en la oficina ese día de ocho de la mañana a cuatro de la tarde dando servicio; mi mujer sería mi asistente en la oficina y los nenes se quedarían en casa de mis cuñados hasta que saliéramos en la tarde. Después compartiríamos con ellos allí mismo en el barrio como ya era nuestra costumbre.

La cosa comenzó tal como lo habíamos planificado. Mis servicios los ofrecería en un pequeño centro comunal que había construido el municipio para uso de la comunidad. Yo lo equipé con dinero propio y comencé a trabajar. La voz se corrió de los servicios que ofrecía y ya desde el primer día la cantidad de hermanos dominicanos buscando orientación y servicio era interminable. Salíamos muertos de cansados al final de la tarde pero con la satisfacción de dar algo a los que más necesitaban. Ver el agradecimiento y como se le abrían las puertas de trabajo y beneficios a los que le servía, era más gratificante que cualquier dinero que pudiera cobrar. Además como muestra de gratitud eran muchos los "dominiquis" que una vez terminada mi gestión y logrado lo que solicitábamos, aparecían con un litro de Brugal, o un sancocho, o un salami … todo como su manera de darme las gracias y que yo aceptaba de la mejor buena fe.

Gracias a las libertades que yo como "jefe" tenía en mi oficina era que disponía del tiempo que en ocasiones necesitaba para ir a la Oficina de Migración o a los tribunales cuando era necesario. Esto era muy ocasional y yo trataba de juntar todos los casos para el mismo día de manera que no faltara al trabajo más de lo necesario. Y como siempre pasa cuando uno hace las cosas de buena fe, en la Oficina de Migración recibía trato de Buen Samaritano porque allí sabían que mi trabajo era una labor social que yo hacía y ellos siempre cooperaban y me ayudaban en mis labores.

Pero no solo me llenaba de satisfacción el gran servicio cívico que estaba realizando en favor de todos estos hermanos necesitados, sino que la integración que estaba teniendo con esta comunidad dominicana me transportaba a mis raíces y me hacía retomar mi identidad quisqueyana. Para ser honesto yo había perdido bastante esa identidad porque la realidad es que la mayor parte de mi vida la había hecho aquí y mis costumbres eran más boricuas que dominicanas.

Estaba disfrutando mucho estas visitas al barrio. Aún saliendo muerto de cansado en la tarde de estos sábados, mi mujer y yo nos juntábamos con los cuñados y disfrutábamos y compartíamos en cualquier bar hasta entrada la noche. ¡Que satisfacción cruzarme con toda esa gente que previamente había atendido profesionalmente y ver el respeto y el cariño que le profesaban a uno como su manera de agradecer los servicios que les daba! Sin darme cuenta me había convertido en un personaje extremadamente popular entre mis compatriotas y era reconocido y admirado sin que esa fuera mi intención.

Ya habían pasado varios meses, quizás hasta más

de un año desde que comencé con la oficina, cuando la parada dominicana del veintisiete de febrero que se efectúa en la Plaza Barceló de Barrio Obrero me la dedicaron y me hicieron un homenaje. Yo acepté con gran humildad y aunque no soy persona de necesitar, ni aceptar reconocimientos, no tuve alternativa, ya que hubiese sido un desaire para mi comunidad dominicana el no haberlo aceptado. Esta es la actividad cumbre de la diáspora dominicana en Puerto Rico y hasta el alcalde de la ciudad capital estaba presente. Nuevamente me sentía sin quererlo una persona muy importante y esto me creaba una responsabilidad y un compromiso mayor con los compatriotas. No tengo que decirles que nuevamente fui víctima de las malditas diarreas y de los llantos de emoción que siempre aparecen cuando menos uno los desea.

En el trabajo también se comenzaban a vislumbrar algunos cambios. El hijo mayor del jefe terminó sus estudios y se graduó. Obviamente el muchacho empezó a trabajar con nosotros pero el jefe muy sabiamente lo envió a un proyecto a joderse para que aprendiera desde abajo y no en la oficina con aire acondicionado. También el jefe, para que el muchacho no se sintiera sobreprotegido, le expresó a su hijo que yo era el que estaba corriendo el negocio y que cualquier cosa relacionada con su trabajo era conmigo con quien debería discutirla. De todas maneras el muchacho era inteligente, trabajador y para nada engreído y me respetaba y quería como si yo fuera de la familia. El joven estuvo en el campo por alrededor de un año en lo que terminaba la obra. Demostró mucha capacidad y disposición y entonces previa consulta con el jefe decidí traerlo a la oficina para hacer con él lo que hizo su padre conmigo. Los ingenieros que tenía en la oficina comenzaron a enseñarle de estimados y compras para convertirlo en un profesional que manejara todas las ramas de la construcción. Su hermano menor recién terminaba sus estudios y entonces a este fue al que le tocó comenzar desde abajo yendo al nuevo proyecto que apenas comenzaba. El menor también demostró al igual que el mayor mucha capacidad y deseos de aprender. ¡Que mucho me hacen ellos recordar mis comienzos con su padre ahora que están conmigo!

~

Y fíjense cómo son las cosas que a mi hijo le empezó a gustar el béisbol y quiso ingresar en un equipo de pequeñas ligas. En mi urbanización, por ser de clase media alta, el municipio había construido para nosotros los "blanquitos" tremendas facilidades deportivas. Además por una cuota recreativa que pagábamos todos los residentes, los programas deportivos en la comunidad eran de primer orden y dirigidas y organizadas por los mejores profesores atléticos disponibles en ese momento. Entonces lo lógico era inscribir al niño en ese programa para que se integrara a un equipo de pequeñas ligas en la próxima temporada ... Y eso fue lo que hicimos. Las prácticas eran los martes y jueves a las cinco de la tarde.

Usualmente yo lo llevaba porque además disfrutaba mucho el verlo jugar y aprender. Si no podía llevarlo, como el parque era muy cerca de la casa, lo llevaba mi mujer. Entonces iba a comenzar el torneo y esto nos trajo un problema; los juegos eran sábado y mi día de trabajo en Barrio Obrero para mí era sagrado, así que no podía llevarlo a su juego. Pero tuvimos la suerte de que el papá de un vecinito amigo se comprometió a llevarlo y estar el resto del día con él hasta que nosotros regresáramos. El padre sabía de mi trabajo con los necesitados y mi compromiso con mis compatriotas. El único cambio que eso conllevó fue el que una vez salíamos de la oficina recogíamos a la nena y entonces en vez de quedarnos en el barrio compartiendo con la familia buscábamos al nene y regresábamos a nuestro hogar.

Nuestro hijo en su emoción nos contaba los detalles de sus juegos y nosotros contentos. Un sábado yo había programado de antemano para no trabajar y decidí ir a ver por primera vez el juego de mi hijo. El parque estaba lleno de padres que más parecían ellos los que iban a jugar que sus propios hijos. El juego comenzó y ahí empezaron mis problemas. La agresividad de los padres hacia sus hijos por errores y faltas en el juego me indicaron al momento que eso no era lo que yo quería para mi hijo. Además los insultos y amenazas a los árbitros de seguro nada abonaban en el desarrollo del respeto hacia las autoridades que tanta falta hace en nuestro país. ¿Es que los padres no se dan cuenta de que son niños y lo que están es divirtiéndose? ¿No se dan cuenta que lejos de usar el deporte y la recreación para formar una personalidad sana en los muchachos con esa actitud logran todo lo contrario? Entonces después vienen los lamentos cuando los muchachos abandonan lo que deberían estar haciendo para dedicarse a otras cosas; todo porque pretenden que sus hijos logren lo que nunca pudieron ellos lograr. Y nuevamente tomé otra de esas decisiones que tomo sin pensarlo mucho; esta vez, que formaría un campeonato de pequeñas ligas que fomentara la recreación y la enseñanza sana a través del deporte ...y lo haría con los pobres; los de mi barrio, para demostrar que se saben comportar mejor que nosotros los riquitos que lo tenemos todo.

Me volví a reunir con el "alcalde" de Barrio Obrero y le sometí un plan para organizar el torneo que fuera modelo para toda la comunidad. Necesitaríamos fondos y personal así que entonces fuimos al municipio. La realidad es que llevamos todo un programa deportivo bien estructurado que incluía instructores, requerimientos de facilidades y equipos deportivos y hasta solicitamos de la ayuda de psicólogos deportivos ... para los padres claro está. El alcalde obviamente nos tuvo que dar todo lo que le solicitamos porque nuestra comunidad ya tenía fuerza y poder y esos eran votos necesarios para reelegirse. Y así las cosas se inició con el proceso de organizar lo que me imagino que se llamaría la liga de beisbol "Juan Pablo Duarte", como todo en mi país.

El torneo comenzó con la presencia del alcalde que obviamente con su participación en la inauguración lograba la exposición en la comunidad dominicana que tanto necesitaba políticamente. Algo que me llenó de sumo orgullo fue que varios de los amiguitos de mi hijo de nuestra urbanización de riquitos se integraron a alguno de los cuatro equipos que componían la liga y participaban y compartían con los pobres como deberíamos hacer nosotros los adultos. El torneo fue un exitaso y sirvió de modelo para que el municipio hiciera lo mismo en otras comunidades marginadas. Inclusive la voz se corrió de tal manera que los muchachos de mi urbanización todos quisieron formar parte de la "Juan Pablo Duarte" porque las reglas de la liga no le permitían a los padres participar en los juegos más allá que ser meros espectadores en las gradas. Había vigilancia voluntaria de los líderes comunitarios, había seguridad suplida por el municipio, a todos los partidos se le asignaba un psicólogo pendiente para intervenir de ser necesario con algún niño o padre. Además con la venta de refrescos, cervezas para los adultos y frituras se levantaban fondos para otros proyectos en el vecindario.

El torneo terminó y fue tan exitoso el programa deportivo que las compañías de refrescos, jugos y *snacks* se peleaban para patrocinar las actividades de premiación. Como era filosofía de nuestra liga no se permitió competencia entre los auspiciadores por la exclusividad del evento y por el contrario se les pidió a todos que participaran como co- auspiciadores del mismo, dando ejemplo a los niños de que todos tienen que compartir en la comunidad. Nuevamente el alcalde hizo acto de presencia en la premiación y para mi sorpresa se me hizo un reconocimiento que fue acogido por los presentes de una manera que yo no esperaba; incluyendo que fui más aplaudido que el mismo alcalde. Yo me quería morir y las tripas por poco me matan nuevamente al igual que las lágrimas. Sin darme cuenta y mucho más sin proponérmelo me había convertido en la figura más importante de la comunidad dominicana en la isla. Me estaba metiendo en camisa de once varas y eso no era lo que yo quería.

~

Decidí aminorar mi presencia en las actividades y eventos dominicanos con el propósito de evitar el seguir ascendiendo en la estima y admiración de mis compatriotas. La razón era sencilla; yo soy una persona de muy bajo perfil y así me quiero mantener. Para nada quiero reconocimientos, homenajes, invitaciones ... en fin nada. Mi privacidad y la de mi familia es sagrada y quiero ir a los sitios y poder disfrutar con ellos en paz y tranquilidad. Mi trabajo de abogado los sábados se mantenía igual porque esto para mí era un sacerdocio que me daba la satisfacción de servir a los compatriotas necesitados; de igual manera seguí envuelto aunque en menor escala en la liga de los muchachos, porque lo que se les enseñaba allí era lo que iba a definir el rumbo futuro de nuestro país ... Y también como habrán notado, tengo un bollete mental en mi cabeza que cuando me refiero a mi país me pasa igual que a muchos compatriotas para quienes los dos países son nuestra patria. En última instancia siempre he pensado que la Hispaniola y Puerto Rico son una sola isla, sólo que tiene partes bajo el agua.

Por ese motivo me envolví, como si fuera una excusa, más intensamente en el negocio. Me reuní con el jefe y le sometí una reestructuración completa de la compañía. Al jefe le agradó y la compañía quedó compuesta de la siguiente manera: el jefe seguiría siendo el presidente, yo sería el vice-presidente ejecutivo y secretario de la corporación, el hijo mayor del jefe sería el vice-presidente administrativo encargado de compras, contratos y estimados y el hijo menor del jefe sería el vice-presidente de operaciones a cargo de los proyectos. Menos el jefe obviamente, todos reportarían a mi, que sería para los efectos, el principal oficial ejecutivo. Ya con esta organización nuestra capacidad de trabajo aumentó y aunque siempre manteniendo nuestra filosofía de mantenernos como un negocio familiar de tamaño mediano comenzamos a crecer de manera organizada. Lo que antes fue un excelente negocio ahora era un monstruo, gracias en gran medida a la capacidad, esfuerzo y entusiasmo de los muchachos.

～

El jefe cumplió sesenta y cinco años y decidió

hacer un viaje muy largo a Europa con su doña. Estaba cansado y ya viendo el negocio encaminado y a sus hijos convertidos en profesionales capacitados y dignos sucesores de él, para sorpresa de todos, incluyendo a sus hijos y posiblemente a su propia mujer, decidió no regresar jamás a su trabajo. De esto me enteré yo estando todavía él por Europa en una llamada que me hizo donde aparte de darme la noticia me pidió discreción, porque inclusive, salvo su mujer ahora, yo era el único que conocía su decisión. El negocio en nada se vería afectado porque hacía mucho tiempo que él ya no se envolvía en la operación del mismo, y además él siempre estaría disponible para cualquier consulta o consejo que hiciera falta. Me dió las últimas instrucciones con relación al trabajo; el día que él llegara del viaje quería que yo lo fuera a buscar al aeropuerto y después de dejar a su mujer en la casa quería reunirse conmigo sólo y en privado en un restaurante de la capital que era su preferido. Además me pidió que citara a todos los empleados ejecutivos, de la oficina y profesionales de la compañía a una reunión el día después, a las doce del mediodía, en un salón del mejor restaurante de la capital que yo decidiera. Allí él haría el anuncio de su retiro, del futuro de su compañía y después con sus empleados compartiría recuerdos y vivencias de todo ese tiempo que trabajó. Esa noche no dormí … esta vez sí que yo creía que me moría de las diarreas y dolor de barriga … pero cumplí sus últimas órdenes tal como me lo ordenó.

X

Fui a buscar al jefe al aeropuerto según me lo había pedido. No me atreví a darle información de la actividad que me había solicitado para el próximo día y que yo había coordinado según sus instrucciones, hasta no dejar a la doña en su casa porque no sabía si ella tenía conocimiento del evento y mucho menos si iba a estar presente. Una vez la dejamos en su casa y descargamos todo el equipaje, nos dirigimos a comer y a reunirnos como habíamos acordado. Era nada más que como la una de la tarde asi que estábamos en buen tiempo para almorzar y conversar; entonces en el camino le informé de todos los arreglos y detalles para la actividad de mañana.

El jefe fue muy parco en la conversación que establecimos, sin embargo se le veía contento, renovado y relajado. El que se estaba cagando encima era yo, porque el misterio y la secretividad de esta reunión me tenía ansioso y no podía ni imaginar el contenido ni la intención de la misma. Nuestra conversación en el camino fue monosilábica y el jefe solo sonreía; yo por el contrario recordaba aquella primera reunión que tuvimos en Santa Isabel donde me notificó su deseo de convertirme en supervisor y del estado de nervios que sufrí.

Finalmente llegamos al restaurante que él me había indicado luego de un viaje que por la incertidumbre que yo tenía me pareció tan largo como el de la yola. Dejamos el vehículo para que lo estacionaran y bajamos. Al entrar fuimos recibidos como siempre lo hacían los empleados e inclusive por su propietario que también venía siempre a saludar. Nos habían separado una mesa en un saloncito privado del comedor según me había pedido el jefe y nos sentamos.

El jefe estableció la tónica de lo que iba a ser nuestra reunión cuando para empezar pidió una botella de *Insignia* de Joseph Phelps. ¡Coño, este es mi vino preferido y lo tomo solo cuando es otro es que invita! Esto pinta bien ... Comenzamos con una conversación trivial para romper el hielo sobre su viaje y sus experiencias. Era obvio que toda esta parafernalia no era para contarme de las iglesias y los museos que había visitado; pero no soltaba prenda y yo sudaba copiosamente, amén del dolor de barriga que siempre me acompañaba en momentos como estos.

El cabrón con toda su calma y me imagino yo que para verme sufrir, seguía hablando de los jodios museos y las iglesias, de los restaurantes que visitó, del paseo en góndola en Venecia, del que hizo en un barquito por el Sena y yo ya encojonándome porque mientras él hablaba toda su mierda, yo había ido con estas diarreas galopantes dos veces al baño ya. Bajamos el *Insignia*, porque eso sí, me podía estar explotando, pero ese *Insignia* no se lo desprecio a nadie.

El ambiente se empezaba a arreglar, posiblemente por el vinillo y la conversación comenzaba a fluir aunque todavía sin entrar en sustancia. Pedimos una picadera de mariscos y otra botellita más de mi Cabernet preferido. Y ya yo, ni en mi dolor de barriga estaba pensando, porque no es lo mismo un dolor de barriga de arroz con salchichas, que uno de camarones y buen vino, así que pal carajo.

El jefe, pensaba yo, seguía intentando joderme sin saber que a mí ya me importaba un carajo que siguiera demorando la conversación, y bebiendo *Insignia* menos. En realidad el hombre se veía bien, se ve que las vacaciones fueron productivas y aparentemente su decisión de retirarse aún más. Sonreía y disfrutaba, y era notable la manera que me demostraba cada día más un amor y un cariño que solo se reserva para los hijos. Y yo me sentía igual, este era mi segundo padre, pero el que más había significado en mi vida, sin desdorar al verdadero que tanto quería, pero que las circunstancias así lo decidieron.

Ya eran como las tres y media de la tarde y ninguno de los dos tenía prisa. Hablábamos de las familias, de su viaje, de mi trabajo en Barrio Obrero, en fin de todo, menos de nuestro trabajo. Y también hablábamos de la república y de mi campo de Cotuí. Quedé sorprendido del conocimiento que tenía el jefe de la República Dominicana y de su gente, porque contrario a mi, su vida desde que se estableció en Puerto Rico prácticamente se circunscribió exclusivamente a la isla.

Se había pedido otra picadera y como no había prisa no pensábamos todavía en comer. La segunda botella de vino iba ya por la mitad e igual sin prisa. Cuando se acabara se pediría otra porque yo creo que para el jefe y estoy seguro que para mi también, hoy iba a ser un día muy especial. Y disfrutando la comida, la bebida y sobre todo la compañía, el jefe se puso serio y entonces se entró en lo que realmente motivó este encuentro.

~

---- *Acabo de cumplir mis sesenta y cinco años y estoy cansado. Tomé la decisión de retirarme porque quiero disfrutar verdaderamente de lo que me pueda quedar de vida con mi mujer que tanto amor, compañía y apoyo me ha dado por tantos años. Con el viaje que acabamos de dar comenzamos ése proceso. He trabajado muy duro durante toda mi vida y lo que tengo y he logrado ha sido a fuerza de trabajo, mucho sacrificio y honestidad. Conmigo también Dios ha sido muy generoso.*

En mi profesión y también en esta industria nadie puede hablar nada mal de mi, por el contrario, no tienes idea de la cantidad de colegas y amigos que sin que nadie se enterara he ayudado por todos estos años. Crié a mis dos hijos y los hice profesionales igual que yo. Han salido buenos muchachos y buenos profesionales, y ya pronto, ambos con sus hogares establecidos, nos comenzarán a dar nietos. Sé que el ejemplo que tanto su madre como yo le dimos, son los que han hecho esto posible, sobre todo como están las cosas hoy en día en nuestro país.

La conversación recién comenzaba y yo estaba que ni respiraba. Me serví otra copa de vino y respiré profundo … me había comenzado nuevamente el dolor de barriga, pero me tenía que aguantar. El jefe se sirvió vino también terminando la segunda botella y me preguntó si quería que pidiésemos la comida y que si quería repetir el mismo vino. Decidimos no comer todavía, lo que indicaba que faltaba mucho por hablar y que también repetiríamos el mismo vino.

---- *Mi situación económica es buena porque sabes que aunque no carezco de nada, vivo una vida sin lujos ni pretensiones, por consiguiente ya no necesito trabajar. El negocio seguirá funcionando y tú seguirás siendo el jefe. Mis hijos seguirán contigo y algún día entonces serán ellos los que la dirijan, pero para eso falta mucho y lo que logren se lo tendrán que ganar ellos mismos. Mis acciones las donaré de la siguiente manera: un cinco por ciento para cada uno de los dos ingenieros que tan fielmente han trabajado conmigo por tantos años en la oficina, y un treinta por ciento a cada uno de mis hijos y para ti, que también has sido un compañero fiel y que con tu entusiasmo, liderazgo e inteligencia ayudaste a convertir el negocio en lo que es hoy. Por las acciones no me tendrán que pagar nada jamás, serán de ustedes libre de costo y lo único que yo seguiré recibiendo, si quieres llamarlo así por una consultoría, es que me cambien mi vehículo cada tres años, que me paguen los gastos de combustible y que me den un estipendio mensual para gastos de representación para compartir con viejos clientes y amigos y que usaré con mucha cautela y sin abuso.*

Me levanté y salí volando al baño; ahora sí que me jodí, se repetía mi triste y bochornosa historia de lo que viví en la yola. No se si fue el impacto de la noticia, o los vinillos, o las diarreas o no se que carajo, pero la realidad es que estando en el baño me descompuse y perdí momentáneamente el sentido. Luego de un rato tratando de entrar en razón me lavé la cara y traté de disimular un poco el efecto que tuvo en mí la noticia que acababa de recibir.

Regresé y el jefe se dio cuenta de que algo me había pasado, pero con ese cariño y esa compasión que siempre me mostraba ignoró mi semblante y me sirvió otra copa de vino. Además decidimos tomar dos sopas de cebolla bien calientes que eran una especialidad de la casa y que en este momento al menos a mí me hacía falta.

---- *Las acciones no podrán ser vendidas y las disfrutarás mientras estés activo en la compañía. El día que renuncies o te retires las devolverás libre de costo de la misma manera que las he donado yo. Entonces las mismas se dividirán proporcionalmente entre los accionistas restantes o se podrá disponer de ellas de otra manera, previa la autorización unánime de todos los accionistas. Este será el tema y la agenda de la reunión que citaste para mañana. ¿Qué te parece mi decisión?*

Yo intenté hablar pero no podía articular palabras. Ya yo era un hombre hecho y derecho pero las emociones tan intensas como esta me impactaban de una manera que evitaba que yo pudiera reaccionar; tal como me pasó cuando el parto de mi hijo ... ahora me pasaba igual y no me salían las palabras. Volví a respirar profundo varias veces y tomé algo de la sopa. Estoy seguro de que el jefe estaba sorprendido con mi reacción pero obviamente no expresó nada, sabiendo que yo no la estaba pasando bien como consecuencia de la noticia y la emoción.

---- *Yo sé, aunque tu nunca me lo has dicho, que a ti siempre te ha sorprendido el que yo te diera las oportunidades que te he dado en vez de dárselas a otros más cualificados y de mayor experiencia. Tu curiosidad hace sentido, pero tienes que conocer la totalidad de mi vida para comprenderlo. Hoy yo te la quiero contar y por eso estamos aquí.*

~

---- *Yo también nací en un campo de Cotuí. De seguro no tan remoto ni atrasado como el tuyo ... pero campo dominicano al fín. Imagínatelo también veinticinco años antes de que tu nacieras y entonces tendrás una idea de lo que te estoy hablando. Mi familia era muy pobre al igual que la tuya y pasábamos las mismas necesidades que me contaba tu padre cuando lo conocí. La historia de tu familia de acuerdo a tu viejo muy bien pudiera ser la misma nuestra, porque miseria es miseria no importa donde ni cuando.*

Nuestra casa y nuestro entorno era inclusive quizás más

precario del de donde tú te criaste si tenemos en cuenta el momento de mi historia. Lo que pasa es que como dice un poeta y patriota puertorriqueño "dichoso aquel que no ha visto más río que el de su patria"; para nosotros, no existía otra cosa que no fuera nuestro campo, que aún con todas sus carencias y necesidades era lo único que conocíamos y no teníamos con qué compararlo.

Contrario a tí, mis padres sí se ocuparon y posiblemente tuvieron más oportunidad que los tuyos de enviarme a la escuela. Yo aprendí tan rápido como aprendes tu y logré terminar mi bachillerato. Al tomar las pruebas nacionales de aptitud académica fui la nota más alta de toda la región y una de las tres de la república. Eso hizo que el gobierno me becara para estudiar ingeniería, que era lo que me gustaba, en el Colegio de Mayagüez. Tu te imaginas ¡un infeliz como yo, campesino hasta el tuétano, sin ningún roce social y sin saber inglés becado por el gobierno dominicano para estudiar ingeniería ... no en la UASD que estaba allí mismo, sino en Mayagüez! La presión, el orgullo y mi confianza en mí mismo hicieron que no me acobardara y por el contrario me hice un compromiso solemne conmigo mismo de no solo hacerme ingeniero, sino de ser el mejor. Y así las cosas aprendí inglés como si fuera un americano, me enamoré y me casé con la que hasta hoy en día es mi señora, cogí roce social gracias a mi mujer y su familia y para colmar la copa me gradué con la mejor nota de todos los graduandos de ingeniería.

Antes de mi graduación, a la que obviamente no vino nadie de mi familia por no tener papeles ni papeletas, ya yo tenía trabajo. Me había contratado originalmente una compañía multinacional que estaba haciendo obras industriales en la CORCO y necesitaban un ingeniero residente para supervisar las obras. Para mi esto fue otra escuela a la que yo, en vez de cobrar por mi trabajo, debí haber pagado por lo que me enseñaban. Lo que aprendí de organización empresarial con la cual funcionan estas compañías multinacionales lo he estado aplicando diariamente en mi negocio hasta el día de hoy.

Cogí y pasé la reválida de ingeniero acabado de graduar con la nota más alta de todos los que la pasaron. Estuve en la CORCO como año y medio y entonces me hicieron una oferta que definió el futuro de mi vida … una compañía mediana de construcción totalmente puertorriqueña y que estaba haciéndole trabajos subcontratados a los americanos para los cuales yo trabajaba, me ofreció trabajo. La oferta era económicamente bastante inferior a lo que yo tenía, pero tuve un presentimiento de que eso era lo que me convenía; y tomando la primera decisión arriesgada en mi profesión la acepté aún en contra del consejo de muchos que yo sabía que lo hacían de buena fe y con el propósito de beneficiarme y querer lo mejor para mi. Y este trabajo sí que fue mi verdadera escuela, no solo en lo profesional sino en lo personal, porque los dueños de la compañía, que eran dos, trataban y consideraban a sus empleados como si fueran de la familia … con consideración, respeto y reconocimiento de su trabajo.

Interrumpí al jefe momentáneamente para ir nuevamente al baño. Comenzaba a entender muchas cosas del jefe para las cuales ciertamente había que conocer la historia de su vida. Yo estaba tan impresionado con su relato que apenas pestañeaba y solamente interrumpíamos el mismo para servirnos algo más de vino, del cual ya nos habíamos tomado tres botellas y yo sospechaba que al menos una más nos faltaba. Regresé y el jefe siguió con su relato.

---- *Estuve con esta compañía, que dicho sea de paso todavía existe, un poco más de cinco años. Ya yo estaba en mis treinta y un buen día uno de los jefes me llamó a su oficina. Me sentí como sé que te sentiste tú cuando yo hice lo mismo contigo en Santa Isabel.* (con la diferencia pienso yo que no se cagó encima). *Ambos jefes estaban presentes y yo como cosa natural esperaba una mala noticia. Pero no fue así, sino todo lo contrario. Los jefes acababan de coger un proyecto nuevo grande y querían contratarme a mí por mi cuenta para que les construyera la estructura. Ellos me garantizarían el crédito con los suplidores y pagarían semanalmente mi nómina. Me dijeron que no tuviera miedo que en el peor de los casos ellos responderían por todo, aún cuando sabían que yo no tendría problemas. Así yo iría haciendo un nombre propio dentro de la industria y se me abrirían las puertas para convertirme en un ingeniero contratista establecido. Yo acepté y tenía plena fe de que lo podría hacer; lo que aprendí con ellos no dejaba espacio para dudas … había tomado la decisión correcta. Nuevamente mi vida tomaba un giro providencial que solamente a muy poca gente se le da … y hay gente en esta vida que uno nunca olvida … y así surgió nuestra compañía.*

Ya eran como las siete de la noche pero que

importaba. Yo estaba extasiado con el relato del jefe y si antes le admiraba y le respetaba, más lo hacía ahora. ¡Qué muchos de los misterios que tanto me intrigaban de la personalidad y bondad de mi jefe, no sólo hacia mí sino hacia todos, podía ir comprendiendo en estos momentos!

Luego de ordenar la cena, porque ya no era almuerzo como originalmente pensamos, nos servimos otra copa de vino y el jefe prosiguió ...

---- *Ese primer proyecto que le construí a mis antiguos jefes y después clientes, me acabó de preparar para el negocio. Con él descubrí muchas cosas que sólo se aprenden en el camino y no en ninguna universidad. Los beneficios no fueron grandiosos, pero sí razonables y adecuados. Además empezaba a conformar un grupo de empleados de excelencia muchos de los cuales al día de hoy todavía trabajan en la empresa y más importante aún, creé un crédito y una credibilidad profesional por mi seriedad y organización que persiste y atesoro hasta el día de hoy.*

Ya terminando esa primera obra los patronos cogieron otro proyecto que les volví a construir, sólo que esta vez lo trabajé yo completo desde su estimado y aún cuando sabía que cualquier dificultad que me encontrara por el camino ellos mismos me ayudarían a resolverlo, me sentí como un contratista independiente y establecido. Otros clientes, porque se iba corriendo la voz o por recomendación, empezaron a sumarse como clientes de la nueva empresa constructora, haciendo que poco a poco fuera creciendo y estableciendo un nombre en la industria.

De ahí en adelante lo demás es historia ... Monté mi oficina, he construido un gran número de proyectos todos siempre con beneficios, he hecho una gran cantidad de amigos y relacionados en la industria y he sabido invertir mi dinero de una manera honesta y prudente. Pero mi mayor satisfacción durante toda esta vida profesional que culmino mañana, es poder hacerlo con la frente en alto, con una decencia que es ejemplo para mi familia y sobre todo con un gran orgullo de no haber defraudado a ninguno de los que pusieron su fe en mí.

Me quedé sin aliento ... ¡coño pero cualquiera! Aquí estaba sentado yo, un campesino dominicano de Cotuí, junto a un compatriota y compueblano mío, ante quien yo tenía que quitarme el sombrero. ¡Y pensar que yo me había convertido en el dominicano más importante de la comunidad nuestra, habiendo otros como este caballero, que me permitía ser su discípulo y quien verdaderamente era ejemplo y norte para todos los dominicanos residentes en este país!

~

Finalmente terminamos nuestro almuerzo, cena y reunión como a las nueve y treinta de la noche. Aún con todo el vino que habíamos tomado; cuatro botellas de *Insignia*, los dos estábamos bien y con toda nuestra cordura. En última instancia fue mucho alcohol pero también en mucho tiempo y con mucha comida.

Dejé al jefe en su casa y yo regresé a la mía que era bastante cerca de él. En el camino repasamos un poco el programa para mañana. Yo haría una pequeña introducción del jefe, él daría su mensaje que sería breve y prácticamente sería una repetición de lo que me informó a mi hoy y finalmente yo me dirigiría a los presentes para asegurarles que las operaciones de la empresa seguirían tal cual siempre habían sido y para garantizarles que el jefe, que de mañana en adelante será solamente mi compadre, siempre estará disponible para ayudar, aconsejar y resolver cualquier asunto que le solicitemos.

Llegué a casa y me dí un buen baño caliente para relajarme. En verdad me hacía falta después de un día tan intenso y de tantas emociones como el de hoy. A mi mujer le dije cómo me sentía y que como mañana iríamos a la actividad a las diez y treinta de la mañana para cerciorarme de que todo estaba según programado, en ese momento le contaría todos los detalles de nuestra reunión de hoy.

Sabiendo de la emoción que me embargaría mañana y de los efectos que tendría en mi, decidí tomarme dos *Imodium* y acostarme a dormir.

XI

Me levanté temprano como siempre aún cuando era a las diez y treinta de la mañana que debería estar en el restaurante. Quería estar seguro de que todo lo que había solicitado para nuestra actividad estuviera según yo quería. En el acto íbamos a ser cerca de cincuenta personas entre los empleados y los invitados que solo serían la mujer del jefe, mi mujer, las mujeres de los dos ingenieros de la oficina y las esposas de los dos hijos del patrón. Ahora caigo en cuenta por qué el jefe me pidió que invitara a las esposas de los ingenieros de la oficina y es que sin ellos saberlo, también se convertirán en accionistas de nuestra empresa. No se lo pude decir al jefe ayer, pero esa decisión de él de darle participación en el negocio a esos dos fieles compañeros de trabajo es una muestra de la clase de persona que es.

En la oficina se trabajaría hasta las once y treinta de la mañana y la actividad comenzaría a las doce. Primero habría un cóctel de barra abierta y picadera, y que serviría para establecer el ambiente que queríamos predominara en la actividad. Alrededor de las dos de la tarde nos sentaríamos y se serviría la comida. Una vez se terminara de almorzar entonces vendrían los pequeños discursos y sobre todo la noticia. Esto iba a ser muy breve y esperábamos que a las tres y treinta de la tarde ya se terminara con todo lo oficial. Entonces se abriría nuevamente la barra y habría bebida y música hasta que se fuera el último de los presentes que esperábamos que fuera no más tarde de las ocho de la noche. Quiero señalar que como en todas las actividades de mi jefe, al igual que en sus eventos privados el patrón no escatimaba en gastos y solo se servía lo mejor. Esta no era una excepción.

Me bañé y nos vestimos y a las diez de la mañana salimos para la actividad. En el camino y luego mientras supervisaba todo lo relacionado al evento ya en el restaurante, le fui contando a mi mujer de la reunión de ayer con el jefe. Ella, al igual que yo ayer, estaba también en *shock*, porque una cosa es que el patrón se hubiese portado con nosotros como lo había hecho hasta ahora y otra era el que me incluyera como accionista y co-dueño de la empresa que él fundó. Además el que me pusiera al mismo nivel de sus hijos en la repartición de las acciones es algo que ni ella ni yo jamás nos hubiésemos imaginado.

Yo estaba tranquilo aunque sabía que cuando llegara el momento de la verdad la emoción me haría presa de ella. La suerte que antes de salir de casa esta mañana me empujé dos *Imodium* más, que junto a las dos de anoche garantizaban, esperaba yo, el que no recibiera sorpresas desagradables durante la actividad. Finalmente todo estaba listo como yo quería y los empleados comenzaron a llegar. Ya eran las doce del mediodía y la actividad comenzó. El jefe, que entre las cosas buenas que me enseñó en la vida fue a ser puntual, ya había llegado. Para los presentes esta reunión o fiesta era algo inesperado y de seguro que ni remotamente tenían idea de su propósito. Todos tomábamos alguna bebida mientras los mozos también pasaban con bandejas de picadera variada. Yo intenté ser discreto con la comida y sobre todo con la bebida teniendo en cuenta la actividad de ayer, pero la realidad es que según pasaba el tiempo los nervios empezaban a traicionarme y decidí tomarme de momento unas copitas de una cava Californiana "Gloria Ferrer" bien fría y luego un vinito Chardonnay también de California que estaba divino.

El ambiente estaba muy relajado y todos compartíamos y hablábamos como si esta fuera una fiesta de navidad a destiempo. Las doñas hacían lo propio y aparentaban tener tremenda convesación sentadas todas en torno a una mesa y servidas especialmente por un mozo que se dedicaba exclusivamente a ellas. Se bebía en cantidades y todos la pasábamos bien incluyendo al jefe que aparentaba ser el más cómodo y relajado de todos. Ya cerca de las dos de la tarde los mozos nos pidieron que nos sentaráramos a comer. Había una mesa para el jefe y sus dos hijos y en otra nos sentamos los dos ingenieros de la oficina y yo, todos acompañados de nuestras esposas. El resto de los empleados se fueron sentando según su afinidad.

El almuerzo era con todos los hierros; ensalada, sopa, entrada y plato fuerte de los cuales había dos para seleccionar. Luego de los discursos y la noticia, se picaría un gran bizcocho que se traería de sorpresa como postre. Una vez terminé de comer me dirigí a un pequeño atril que se había instalado con un micrófono y comenzamos nuestra actividad.

Queríamos que todo fuera corto, preciso y con las menos emociones posibles. En unas breves palabras le di la bienvenida a todos los presentes y presenté a los invitados; en este caso nuestras esposas. Presenté al jefe e indiqué que el propósito de nuestra actividad era el escuchar un breve mensaje que tenía nuestro patrón para todos los presentes.

Con una tranquilidad y un aplomo pasmoso el jefe muy brevemente anunció su retiro y el futuro de la compañía. La noticia no sorprendió a los presentes aunque les aseguro que ninguno la esperaba. La mejor parte fue la emoción de los dos ingenieros compañeros de la oficina porque ninguno ni remotamente esperaba esa distinción y generosidad por parte del patrón. Ese anuncio en específico arrancó aplausos y alegría colectiva que yo personalmente creo que no fue sólo por el nombramiento de estos dos compañeros de trabajo, sino como reconocimiento al gesto de justicia y desprendimiento de nuestro patrono. Al terminar con su mensaje y sus palabras el jefe, con la misma tranquilidad que hizo el anuncio, fue y se sentó, se sirvió una copa de vino y siguió como si nada.

Afortunadamente la manera como el jefe pausada y

calmadamente hizo su anuncio me ayudó a mi a controlar mis nervios y emociones en la parte que ahora me correspondía. Siguiendo la tónica impuesta por el jefe me pude dirigir muy claramente y con precisión a un público que aparentaba ya estar más interesado en seguir la fiesta que en atenderme a mi. En última instancia lo que yo les indicaba no era otra cosa que seguir en lo que ya hacía bastante tiempo estaba ocurriendo con el funcionamiento del negocio. Y así las cosas anuncié el corte del bizcocho, la apertura nuevamente de la barra, el comienzo de la música y los invité a seguir acompañándonos por el resto de la tarde en este memorable día en la historia de nuestra empresa. ¡Gracias a las *Imodiums* que había tomado no tuve dolor de barriga durante la actividad!

La fiesta siguió hasta más tarde de lo que pensábamos, pero todo era alegría y expresiones de buenos deseos. El jefe era el más contento. Había cerrado con broche de oro como él quería una etapa de su vida y ahora con esta actividad marcaba, no el final de esa etapa, sino el comienzo de una nueva. Y así fue ... el jefe se dedicó, tal como me había informado en nuestra reunión al regresar de su viaje, a viajar y a disfrutar la vida con su mujer.

Cuando estaba en Puerto Rico siempre venía a la oficina. Yo por respeto y como una manera de hacerle sentir lo importante que seguía siendo en nuestra organización, siempre me reunía con él y le hacía un informe del rumbo que llevábamos. En el plano personal seguíamos una amistad entrañable que más se asemejaba a la de un padre y un hijo y siempre seguí siendo la primera persona con quien él podía compartir intimidades de su vida … ¿Como habrá gente que piense que Dios no existe? Sólo por su divina intervención y gracia conoce uno en esta vida gente como este caballero que también trazó el rumbo de mi vida.

~

La oficina funcionaba sin ningún cambio. Ahora entiendo todos esos movimientos que iba haciendo el jefe en la estructura funcional de la misma y que yo en esos momentos no entendía. Pero de una manera imperceptible él estructuró un organigrama que permitió que su salida ni se sintiera y mucho menos que afectara el funcionamiento de la empresa. Todos seguíamos haciendo exactamente lo que hacíamos antes de su retiro sin que existiera ni una sola variación.

Mi familia seguía también el curso natural de nuestras vidas. Mi hijo ya estaba en escuela superior a punto de graduarse de uno de los mejores colegios del área metropolitana y que afortunadamente le podíamos ofrecer. Quería estudiar ingeniería aunque sospecho que después también va a querer estudiar leyes porque siempre lo he visto más inclinado a seguir mi profesión y servicio de Barrio Obrero que la de la construcción. Me ha salido muy buen muchacho, lo digo con mucho orgullo. El tiempo dirá lo que decida con su futuro.

La nena igual, ya mismo se convierte en mujer antes

que nos demos cuenta. Sigue cada día más hermosa como su madre, ¡qué suerte que salió a ella! y tal como aposté al verla nacer, inevitablemente también sacará el cuerpazo de ella. ¡Me jodí! … También es buena muchacha y le gusta estudiar, ¡veremos a ver qué pasa cuando empiecen los marchantes a joder y a mosconear por la casa!

Afortunadamente el hecho de que la oficina funcionara tan bien, me daba la oportunidad de retomar con más entusiasmo mi oficina y en general mi vida con mis queridos compatriotas en Barrio Obrero. Cada sábado era más la gente buscando servicios en la oficina, y ya casi se me hacía imposible atenderlos a todos. Y no era solamente porque mis servicios eran gratuitos, sino que es muy poca la orientación que reciben y mucho el miedo que tienen todos estos dominicanos indocumentados que les priva el gozar de sus derechos humanos y sufrir la explotación de los que saben que no tienen esos derechos. De alguna manera tengo que buscar como dedicarme más a esta labor que tanta satisfacción me brinda y que es mi manera de pagar por todo lo que tengo. Mientras mis hijos me necesiten no tengo muchas alternativas porque debo seguir trabajando … y lo otro que se me ocurre es conseguirme otro abogado que tenga mi mismo interés en ayudar pro bono a sus compatriotas, pero cómo se están empezando a poner las cosas en el país lo veo muy difícil.

Al poco tiempo mi hijo se graduó de la escuela superior y tal como había expresado decidió estudiar ingeniería en el Colegio de Mayagüez. Los muchachos del jefe lo habían orientado con relación al Colegio y la vida en Mayagüez y él estaba lo más entusiasmado. Antes de que me diera cuenta de seguro se hacía ingeniero haciéndonos a nosotros cada día más viejos. Y entonces yo adelantándome al futuro como me había enseñado mi patrón, hice una reunión de los socios para ir reestructurando la compañía visualizando la situación económica que se avecinaba y que también me enseñó el jefe a identificar de antemano.

A los hijos del jefe, que eventualmente serán los que dirijan la compañía, les empecé a dar más responsabilidades administrativas y ejecutivas, obviamente todo bajo mi supervisión. Les indiqué que los miércoles en la tarde no estaría en la oficina y que les correspondía a ellos resolver cualquier situación que surgiera esa tarde a menos que no estuvieran seguros de la decisión que fueran a tomar, en cuyo caso me llamarían para yo indicarles. Esa tarde se la dedicaría yo a mi proyecto de Barrio Obrero que tanta falta le hacía. Y así fue, los muchachos hacían muy bien su trabajo y esa tarde de los miércoles yo resolvía un monton con mi gente.

~

Mi envolvimiento en Barrio Obrero cada día era mayor. Los miércoles mi mujer no me acompañaba porque estaba atendiendo a la nena, pero los sábados si venía y seguíamos como antes visitando a su hermana y yendo después con ellos a tomarnos y comer algo con nuestra gente en los distintos establecimientos que me gustaba visitar. En todos me encontraba con tanta gente que durante todos estos años yo había ayudado que en ocasiones inclusive me sentía un poco mal porque todos se desvivían por invitarnos a beber y a comer y yo sabiendo en la situación económica que la mayoría estaba, trataba de no aceptar sin que se sintieran mal.

El campeonato de pequeñas ligas que fundé se había convertido en el mejor de la isla. Ya yo no estaba envuelto directamente en su organización pero aún así pertenecía a su junta directiva y siempre estaba al tanto de lo que ocurría. Y el éxito de la liga no era por otra cosa que no fuera que integraba los elementos necesarios para la diversión y enseñanza de esos muchachitos. Incluía maestros, psicólogos, voluntarios, auspiciadores y facilidades y equipos deportivos. El alcalde seguía siempre usando su inauguración y premiación como tribuna política porque le interesaba mucho el respaldo y el apoyo de nuestra comunidad, que cada día era más poderosa y podía definir unas elecciones. Pero algo bueno tenía esa campaña y es que a cambio lográbamos de él todo lo que requeríamos para que la liga "Juan Pablo Duarte" fuera todo un éxito.

Un buen día, estando yo en mi trabajo, recibí temprano en la mañana una llamada del que yo llamo el "alcalde" de la comunidad dominicana de Barrio Obrero, para expresarme el deseo de él y de otros líderes comunitarios de reunirse conmigo el próximo sábado a las ocho de la mañana en mi oficina antes de que yo comenzara a atender público. Por más que insistí no me quiso decir la razón de la petición aún cuando yo le hice saber lo que significaba para mí perder ese tiempo precioso que le dedicaría a ellos. Pero no tuve alternativa y me comprometí a recibirlos, no sin antes hacerles saber el que fueran puntuales a las ocho, según solicitado.

Llegó el sábado y a las ocho cuando llegué con mi mujer había una comitiva como de quince líderes comunitarios esperando por mi frente a la oficina. ¡Qué carajo pasa aquí! fue lo primero que me vino a la mente. Ni remotamente tenía idea de que se podía tratar esta visita y este misterio. Los invité a pasar y se sentaron. Entonces el "alcalde" cogió la palabra.

---- *Licenciado; nuestra comunidad dominicana es víctima de mucho abuso y prejuicio aquí en la isla en gran medida por no tener los papeles legales que le garanticen sus derechos y privilegios que como residentes legales tendrían. Usted ha sido un paladín en la lucha de esos derechos y por eso es respetado y admirado por todos y cada uno de nuestros hermanos de la comunidad. Sin darnos cuenta y con el paso del tiempo nos hemos convertido en una fuerza civil de poder y no hemos estado usando ese poder para nuestro beneficio. Tenemos que insertarnos en el movimiento político activo del país para tener una voz poderosa que luche por nosotros en la legislatura. Por su seriedad, prestigio intachable y relaciones profesionales estamos seguros que usted es la persona para ese puesto y le aseguro que tiene el respaldo y el respeto unánime de todos los ciudadanos. Por favor dele pensamiento a esa idea que los dominicanos más que nunca le necesitamos.*

¡Coño ahora si que se jodió esto! ¡Una persona como yo que siempre he mantenido un bajo perfil y que lo menos que me gusta son las posiciones y los reconocimientos metiéndome en un gallinero como es la política de gente diametralmente distinta a mi! ¡Estos tipos están locos!

Con mucha delicadeza y apoyando el criterio de ellos de que ciertamente una voz dominicana en la legislatura ayudaría grandemente nuestro desarrollo y reconocimiento decliné la invitación. Me comprometí a respaldar a cualquier otra persona que pudiera aportar su trabajo como legislador e inclusive me hice disponible para participar en la campaña. Nuevamente y como si no entendieran mi decisión me volvieron a pedir que por el bien de nuestros hermanos de la diáspora lo considerara que ellos estaban seguros que tendría un escaño legislativo asegurado si decidía aspirar. No tuve otra alternativa que decirle que lo pensaría pero con la condición de que ninguno de los presentes hiciera público el ofrecimiento que se me acababan de hacer.

Y tengo que decir nuevamente "que esto nada más que me pasa a mi." ¿Cómo un hombre como yo, que a fuerza de trabajo, de decencia, honesto e íntegro voy entrar a formar parte de la fraternidad de corruptos y ladrones que es el gobierno y en específico la legislatura? … ¡ni loco! Y lo digo con un grado de pena porque ciertamente hacen mucho sentido los argumentos de los líderes comunitarios con relación a lo que puede significar para nuestros hermanos tener una voz que los defienda en el gobierno. Pero sé que hago más por mis hermanos con lo que hago ahora, ayudarlos legalmente a conseguir sus permisos y así sus derechos y beneficios. Traté de no pensar en el tema durante el día y trabajé como de costumbre. Cuando terminamos repetimos nuestro ritual de ir a buscar a los cuñados y salir a visitar nuestra comunidad quisqueyana.

En el camino de regreso a casa mi mujer me preguntó de la reunión de la mañana. Yo la minimicé porque la conversación con los líderes comunitarios me estaba comiendo el cerebro y era lo menos que yo quería hablar. Solamente le dije que ellos entendían que a los dominicanos nos hacía falta tener representación en la legislatura del país y que yo estaba totalmente de acuerdo. Ni pal carajo le dije que pretendían que fuera yo esa persona, no porque se lo estuviese ocultando sino que no quería pensar en eso mientras no pusiera mis pensamientos al respecto en orden.

Salimos el domingo a dar una vuelta ella y yo para cambiar de ambiente. Mi hijo había venido de fin de semana de Mayagüez y se quedó con la nena en la casa. Fuimos a Guavate a comer lechón y a escuchar música típica de campo que tanto nos gusta a los dos. Nunca he sabido por qué en la república este tipo de música no es popular como lo es aquí, sobre todo siendo dos países tan similares. Además, estando en la época navideña, es más caos que otra cosa tirarse para Guavate en estos días como hicimos nosotros. Pero ese ambiente de campo y de gente sencilla y humilde con quien uno comparte en esos lugares es lo que me hace querer tanto este país como lo hago.

La actividad del domingo ciertamente me despejó bastante la mente. Nos dimos un montón de tragos y comimos lechón y morcillas. Es más, hasta una bailadita nos dimos, porque cuando empieza todo eso a hacer efecto y comienza esa música típica, no hay cuerpo que se resista. Pero había una realidad y era que me seguía dando vueltas en la cabeza la conversación de ese sábado.

XII

El tiempo pasaba volando. Ya yo estaba llegando a mis cincuenta años y si miraba hacia atrás eran muchos los recuerdos y vivencias que tenía, yo me sentía muy bien con mi vida y quería que siguiera por mucho tiempo más. Mi hijo recién terminaba su carrera de ingeniero con muy buen expediente y había demostrado que además de buen estudiante le gustaba trabajar. Por eso en los veranos venía a la oficina y aprendía de estimados y compras. Luego se iba con el otro hijo del jefe a trabajar en los proyectos para aprender cómo se bate el cobre en el terreno.

La nena igual seguía haciéndose mujer, cada día más bella. A mi me podía negar, pero a su madre no, porque según pasaba el tiempo era más lo que se parecía a ella. Y no porque fuera mi hija, pero la condená era un pollo como su madre y tal como predije al verla nacer tenía su mismo cuerpazo. Ojalá consiga un buen compañero de vida que la haga feliz y la ame y la respete como se merece. Quería estudiar medicina así que cuando se graduó entró en la Universidad de Puerto Rico a la Facultad de Ciencias Naturales para empezar con pre-médica.

Organicé una gran fiesta de graduación para ambos hijos que hicimos en la finca del jefe donde en otras ocasiones memorables hicimos actividades. Esta fue igual a todas las anteriores; buena y abundante comida y bebida y el consabido "perico ripiao". Los invitados nuestros fueron los de siempre pero esta vez se añadían los de mis hijos que fueron una gran cantidad. Disfrutamos y celebramos hasta entrada la noche. El ciclo de vida se iba cerrando; ya mi hijo estaba criado y era independiente. Había comprado un apartamento y aunque nos visitaba con frecuencia hacía su vida sólo y nosotros lo respetábamos y no preguntábamos mucho. Solo quedaba la nena y ya pronto lo sería igual. Entonces nada más que quedaríamos mi mujer y yo y no nos íbamos a sentar a esperar que ese momento llegara.

Mi hijo comenzó a trabajar con nosotros y yo hice con él lo que aprendí con mi patrono … lo envié a trabajar primero al campo y le dije que su jefe era el hijo del patrón y no yo. Y así comenzó su historia laboral.

~

Ya hacía algún tiempo de aquella memorable reunión que tuve en mi oficina relacionada con la política. Yo había reafirmado mi decisión de no ser el candidato de la comunidad dominicana y también reiteré mi deseo de participar activamente en cualquier campaña que se hiciera para respaldar a algún criollo a la legislatura. Para mi sorpresa, aún cuando todavía faltaban casi tres años para las elecciones en el país, no había surgido ese candidato que yo pienso que ya debería existir. No niego que seguían pensando en mí y no me sacaban el guante de la cara con sus insinuaciones. Yo más claro no podía ser y aunque agradecía la confianza y el respeto que se me tenía, ciertamente yo quería terminar mis días con la admiración que se me había tenido hasta ahora y no con el desprestigio de haber pertenecido al gobierno y haber sido legislador. ¡Qué cosas tiene la vida! ... cuánto bien para mis hermanos dominicanos pudiera yo lograr a través de un escaño legislativo y ¡por el mero hecho de ser yo una persona decente e integra no me lo permitía!

Mi hijo salió muy buen ingeniero. Había estado dos años en un proyecto residencial grande y durante el último de ellos el hijo del jefe lo dejó prácticamente solo terminando la obra. Entonces el otro hijo del jefe se lo llevó para la oficina para seguir con su capacitación total en la profesión y se le fue enseñando y delegando trabajo en estimados y compras. También fue expuesto a la parte administrativa y operacional de la compañía tal como lo hizo su padre conmigo y después yo con ellos. Afortunadamente aún cuando las reglas impuestas eran que a mi hijo se le trataría como yo lo hice con ellos, la realidad es que todos eran como hermanos y la atención que le ponían a su enseñanza y el tiempo que le dedicaban a él es algo que siempre les agradeceré.

Tal y como me lo esperaba, mi hijo también decidió estudiar derecho y aunque él no me lo dijo, yo sé que su mayor deseo era seguir con lo que creé en Barrio Obrero. Y así las cosas empezó a acompañarme a mi y a su madre los sábados a ayudar en la oficina. Y antes de que yo me lo imaginara estaba rindiendo un servicio en nuestra comunidad que era casi igual al que yo hacía. Ya con lo que tenía de estudios legales y lo que yo le fui enseñando no necesitaba de mi para brindar los servicios a los compatriotas y cuando salíamos en las tardes él nos acompañaba a darnos tragos, comer y compartir con los del barrio donde ya era reconocido y se le veía con admiración y respeto dentro de la comunidad.

Nuevamente sin que nos diéramos cuenta mi hijo terminó sus estudios de leyes y llegó su graduación. Y nuevamente coincide con que la nena también termina sus estudios de pre-médica y sus graduaciones son simultáneas ... y para mi emoción y recuerdo se celebrarían en el majestuoso Teatro de la Universidad de Puerto Rico, recién remodelado a todo su esplendor.

Ya yo estaba en mis mediados cincuenta y la doña en los cincuenta, aunque todavía estaba buenísima y guardaba todo el entusiasmo y dinamismo de cuando era una joven. Entonces teníamos ánimo aún para volver a organizar otra gran fiesta en nuestras vidas para celebrar ahora la graduación de nuestros dos hijos. Los arreglos fueron los mismos de siempre y los resultados también, esta vez para nuestra sorpresa con un elemento añadido y fue que ambos de nuestros hijos fueron acompañados por supuestas "amistades". En el caso de mi hijo por una muchacha dominicana preciosa de Barrio Obrero que le habíamos sacado los papeles en la oficina y que además me recordaba a su madre a esa edad y la nena por uno que fue compañero de universidad y que ya estudiaba su segundo año de medicina. ¡Ahora sí que nos estamos poniendo viejos!

Me ví en la necesidad y deseo de cogerme una breves vacaciones. Quería reorganizar la oficina para atemperarla a la realidad económica que se comenzaba a vivir en nuestro país y además tenía el deseo de ver que idea me surgía con relación a la conveniencia de tener un legislador dominicano que velara por el interés de todos esos compatriotas desamparados y necesitados que por no tener quien los defienda con verdadero poder tenían una vida miserable. Aquella idea absurda de pedirme un grupo de ciudadanos preocupados por nuestra realidad en este país para que aceptara una postulación en la legislatura todavía al día de hoy me seguía atormentando al ver que no surgía un candidato que pudiera servir y defender nuestra comunidad.

Decidí viajar en un crucero de una semana e invitar a que nos acompañara al jefe y a su mujer. ¡Qué mejor consejero que él, que lo ha hecho conmigo toda la vida! En la oficina no hacía falta el que yo estuviera allí a diario y la oficina de los sábados ya mi hijo la podía manejar sin mi. La nena por otro lado ya era una mujer y aunque todavía vivía en la casa, la realidad es que la mayor parte del tiempo la pasaba en la Escuela de Medicina y en el hospital practicando. Así las cosas cuadramos nuestro viaje y arrancamos a pasear.

~

El jefe ya estaba en sus setenta años y su mujer se la acercaba, pero ambos estaban enteros y yo creo que con más ánimo y entusiasmo inclusive que yo. Era evidente que estaban disfrutando su vida según se lo habían propuesto y no desperdiciaban ocasión para salir y usando sus propias palabras, gozar sus últimos días. Ya yo le había expresado mi deseo de recibir un consejo y orientación referente a dos situaciones que tenía y aunque el jefe en estos momentos de su vida yo sé que lo menos que quería era tener que pensar y tomar decisiones, para mí siempre tenía el tiempo y la sabiduría para hacerlo.

El barco estaba bestial. Era uno de estos mega-cruceros de última generación que más se asemejaba a un hotel cinco estrellas de Las Vegas. Fuimos a nuestras cabinas y nos acomodamos. Ambos camarotes tenían amplios balcones que nos permitía relajarnos y disfrutar cuando tuviéramos tiempo libre y donde en las tardes podíamos degustar algún buen vino de los que ofrecía la carta del barco. Por estar en una sección equivalente a una primera clase teníamos servicio ejecutivo las veinticuatro horas y con sólo usar el teléfono recibíamos cualquier atención deseada. Esta iba a ser una semana como la que me hacía falta hace ya mucho tiempo y con el jefe y la mujer de compañía, más todavía.

La tarde del segundo día le pedí al jefe que me acompañara a un bar bastante íntimo en la cubierta principal del barco y que por la hora del día que era estaba casi vacío. Allí nos ubicamos en una mesa bastante privada de dos personas que me parecía obvio que era usada más por parejas de enamorados que para conversaciones entre amigos, pero que a mi me pareció ideal para la conversación que me proponía. Pedí una champaña bien fría para refrescarnos algo. Estaba divina y la disfrutamos el poco tiempo que nos duró ya que la bajamos "en lo que se pela un huevo." Seguimos con un buen Chardonnay californiano La Crema que igual estaba divino. Y durante la degustación del mismo comencé mi conversación con él.

"Jefe, necesito su consejo y orientación con relación a dos asuntos que me atormentan y tengo que resolver. El primero debe ser más sencillo para usted porque ya pasó por eso. Es relacionado con el negocio y tiene bastante que ver con la situación económica actual que recién comienza a vivirse en la isla. Se me ha ocurrido lo siguiente … ya yo tengo cincuenta y cinco años y por el ejemplo y las enseñanzas que usted me dió aprendí a vivir como usted; sin carencias pero con modestia. Así he criado a mis hijos. El varón es independiente y trabaja con nosotros tal como hicieron sus hijos. La nena estudia medicina y antes de que me de cuenta va a haber terminado con su carrera. Gracias a Dios vivimos bien y no le debo un centavo a nadie y a mi familia en Cotuí le construí casa a todos y están como nunca hubiésemos soñado. Llegó el momento de pasar el batón, pero quiero hacerlo como usted me enseñó … A sus hijos para que no haya diferencia los nombraré co-presidentes de la compañía. Cada uno se encargará de su departamento como si fueran negocios independientes y funcionarán como hasta ahora. Yo seré el oficial ejecutivo que

trabajaré a tiempo parcial y con un salario reducido. Estaré como estuvo usted en su momento para resolver cualquier asunto importante donde se requiera mi experiencia y para arbitrar en cualquier diferencia que pueda haber entre los muchachos y que afecte el negocio. Mi hijo se quedará como empleado, si es que así ellos lo determinan y todas las acciones ahora serán propiedad exclusiva de sus dos hijos."

El patrono no habló, solo escuchaba. Pedimos unos cortes de jamón serrano con queso manchego y un poco de pan. Además otra botella de vino, esta vez un Malbec argentino que también fue una buena selección.

"Si lo que yo le planteo usted lo encuentra bien entonces dedicaré mucho más tiempo a mi trabajo del barrio que he estado pensando convertir a través de una fundación en un proyecto, que aparte de los servicios legales y de emigración que yo les brindo, abarque otras áreas de necesidad en nuestra comunidad y que incluya servicios de salud, académicos, culturales y deportivos y que además sirva para aglutinar a todo ese grupo de dominicanos que miran el tiempo pasar, dándole algo que les de sentido en la vida. La fundación llevará el nombre de "Coronel Francisco Alberto Caamaño Deñó" para honrar y a su vez recordar, el valor de nuestra sangre y de lo que somos capaces cuando nos unimos por una causa justa ... Que a su vez me lleva a plantearle lo otro que me atormenta en este momento ...

Hace unos meses atrás me visitó una delegación de compatriotas para plantearme y pedirme que me postulara a un escaño legislativo para que fuera portavoz y a su vez velara y abogara por mis hermanos dominicanos aquí en la isla. Cualquiera que como yo ha estado luchando por los dominicanos hubiera aceptado honrado esa petición y yo no niego que lo hubiese hecho encantado. Pero siempre hay un pero. El concepto y la percepción que tengo del sistema de gobierno y sobre todo de los políticos es similar al que tiene la gran mayoría de la ciudadanía y es que es la profesión más baja y bochornosa que hay en el país. Y yo no quiero acabar mi vida con ese desprestigio ... pero me duele no poder usar una posición de poder como la legislatura para el bienestar de la diáspora."

El jefe nuevamente guardaba silencio. Acabamos el Malbec y abandonamos el bar. Ya era las seis de la tarde y luego de un descanso iríamos a cenar y a disfrutar el resto de la noche. Al despedirnos sólo me dijo que pensaría con calma los dos planteamientos tan interesantes que le había hecho y que cuando tuviera una buena opinión de ambas inquietudes me las comunicaría. Nos despedimos y seguimos nuestro viaje.

~

Seguimos disfrutando intensamente del viaje y bajábamos a las islitas solamente por los alrededores del puerto porque preferíamos mejor estar en el barco cuando la inmensa mayoría de los pasajeros estaba en tierra y teníamos el barco casi exclusivamente para nosotros. Entonces podíamos disfrutar con tranquilidad del área de la piscina, del almuerzo y de las otras amenidades que se nos ofrecían. Usualmente como a las cuatro de la tarde nos íbamos a cualquiera de los distintos bares y nos tomábamos par de botellitas de vino. Ya después regresábamos a nuestras habitaciones para descansar y salir a la cena más tarde en la noche.

Dos días antes de terminar el viaje el jefe me pidió que lo acompañara a su habitación. Su mujer y la mía habían bajado en Aruba y estaban comprando supuestamente manteles y pendejadas de esas. Sabíamos que tardarían así que este era un buen momento para continuar la conversación que hacía varios días habíamos comenzado y que yo me imagino que era la razón por la cual el jefe me citó. Al llegar a su habitación teníamos una mesa servida en el balcón que por la ubicación del barco en el muelle nos ofrecía una buena sombra y una mejor vista. Mejor no podía estar. Pero ahí no acababa todo… había una botella de "Insignia" descorchada que el jefe sabía que era mi vino preferido y una bandejas de jamones, quesos y frutas. Y el jefe tenía bueno que no le daba mucha vuelta a las cosas y una vez nos servimos nuestra primera copa de vino comenzó a hablar.

---- *Lo que pretendes hacer en la compañía me parece muy bien. Es lo que yo hubiese hecho. La idea de nombrar a los muchachos co-presidentes a mi no se me hubiera ocurrido, pero es mejor que cualquier cosa que se me hubiese ocurrido a mí. Así los dos estarán al mismo nivel y no surgirán celos entre ellos. Además como sus labores están tan bien definidas podrán actuar y trabajar con mucha independencia tal como tu planteas; como si fueran dos negocios diferentes. Tu labor aunque reducida va a ser muy importante por el respeto que te tienen y que sé que usarás tus conocimientos y experiencia para que el negocio siga funcionando bien. También con la reducción de tu sueldo y el ahorro en el salario de los dos socios que se retiraron, la empresa está mejor preparada para enfrentar los tiempos que nos esperan. Tu hijo tiene que quedarse trabajando porque esa es la familia.*

La otra situación es un poco más complicada porque la solución que se me ocurre va a necesitar más esfuerzo y más trabajo de tí y de los que te apoyen. Primero quiero felicitarte por tus deseos de ayudar a tu gente. Y más significativo es, que para todos los efectos, tu eres puertorriqueño porque es aquí dónde te hiciste; dónde has logrado todo lo que tienes y dónde nacieron y se han criado tus hijos, amén de que es dónde tienes todas las amistades que se convirtieron en tu familia. Admiro y respeto inmensamente ese deseo.

De igual manera el lanzarte al suicidio moral envolviéndote en la política con tal de ayudar a tu gente es una acción loable que merece también mi admiración y mi respeto. Porque aunque tu sabes y todos sabemos que eres una persona de integridad intachable, la realidad es "que dime con quién andas y te diré quién eres." Pero me vino una idea que puede evitar ese suicidio porque vas a estar junto, pero no revuelto con toda esa partida de desgraciados.

El distrito representativo que incluye a Barrio Obrero

también incluye las áreas de Villa Palmeras, Cantera, Don Bosco , Las Casas y la Eduardo Conde. Esas son áreas que al igual que el barrio tienen una gran concentración de ciudadanos dominicanos y también es una comunidad donde los muchachitos que se han criado ahí y que ahora son sus constituyentes, participaron o al menos conocen, la liga "Juan Pablo Duarte" que tu fundaste. Estoy seguro que nadie, no importa con el apoyo de quién, te podrá derrotar en unas elecciones como Representante a la Cámara por ese distrito. Vamos a lanzar tu candidatura como una independiente que te garantizo que será otro éxito más en tu vida, y en la cual yo me voy a envolver. Tenemos la suerte que falta todavía tanto tiempo para las elecciones que podremos conseguir las firmas necesarias para los endosos con calma y tendremos todo el tiempo necesario para la campaña. La ventaja mayor que tiene una candidatura independiente para ti es que no te debes a ninguno de los dos partidos de poder y que como estarás en la Cámara en representación de una comunidad tan grande y poderosa como la dominicana, aparte de respetarte, no tendrás que envolverte en chanchullos con ninguno de tus colegas manteniendo así tu prestigio e integridad.

¡COÑO, este jefe mío es una cosa seria! Jamás en mi vida se me hubiera ocurrido algo así y ahora se me puede dar la oportunidad de verdaderamente hacer algo por mi gente. A mi de seguro se me había ido el color, además que como acto de magia me entró el jodio dolor de barriga que en momentos como este siempre me acompaña. Me serví otra copa de vino y no se me ocurría ni que decir. Me quedé bruto momentáneamente y por poco hasta pierdo el sentido.

El efecto que tuvo en mí la *revolución del sesenta y cinco* tenía un propósito en mi vida y parece que en la de mi comunidad también.

XIII

Quedé atónito después de mi conversación con el jefe. Cuándo en la vida uno conoce una persona así, cualquier cosa que uno haga y logre es poca cosa. La idea sobre mi postulación a Representante de la Cámara me pareció genial, sobre todo porque era una salida gloriosa a mi disyuntiva de no manchar mi nombre ni mi prestigio en el ocaso de mi vida perteneciendo a la legislatura. Le mencioné someramente la propuesta del jefe a mi mujer cuando regresó al barco pero le dije que me faltaba mucho por digerir y que conversaríamos en su momento con calma para conocer su parecer.

Concluímos el viaje de la misma manera que comenzamos, con mucho entusiasmo y mucha alegría. En mi caso aún más, porque las dos preocupaciones tan grandes con las cuales partí en el crucero aparentaban ir en vías de resolverse gracias a los consejos de mi mentor. Aparte de mi tranquilidad emocional tengo que reconocer que el viaje fue grandioso; buena comida, buena bebida, servicio de primera y sobre todo una compañía sin igual.

~

A los pocos días de comenzar a trabajar cité a los muchachos y a mi hijo a una reunión un viernes al medio día. El lugar sería en el mismo restaurante donde el jefe me notificó a mi lo mismo que me proponía yo comunicarle ahora a los muchachos. Y de la misma manera que ocurrió antes, llegó el momento del encuentro y allí estábamos todos. Pedí una botella de vino, aunque no de "Insignia" esta vez y comenzamos nuestra conversación. Al principio hablamos en términos generales de la trayectoria que en estos tiempos difíciles llevaba el negocio y de las perspectivas futuras que ellos vislumbraban. El negocio en general seguía bien sobre todo sabiendo la realidad económica que vivíamos y esperábamos. Más tarde, después de escuchar sus opiniones y de darnos otros vinillos más y una picadera, les informé de mi decisión. Ellos no lo esperaban; pero lo aceptaron, se alegraron y se comprometieron a no defraudarme y seguir la trayectoria de su padre antes y de mi, ahora. Los cambios tendrían vigencia inmediata y el lunes yo se lo comunicaría al resto de los empleados, así como al banco y la compañía de seguros. La transición no se notaría porque meramente esto era oficializar algo que ya estaba "de facto" ocurriendo hacía un tiempo en preparación a este momento. Todos estábamos contentos y decidimos comer.

El trabajo siguió como esperábamos. Luego de notificarle a los empleados el lunes, tal como quedé, me reuní posteriormente con los oficiales del banco y nuestra compañía de seguros y les expliqué en detalle los cambios legales en la compañía ya que operativamente no había ninguno. Además les garanticé que yo permanecería siendo el principal oficial ejecutivo de la compañía por el tiempo que yo estimara necesario y luego de estar seguro de que ya no fuera necesaria mi participación. La oficina siguió operando como siempre tal como anticipamos y la relación entre los muchachos fue excelente y sin muestras de celos profesionales.

De esta primera parte salimos bien. Todo se encaminaba tal como yo quería y como había discutido con el jefe. Además me consigné una reducción significativa en mi salario al estar prácticamente retirado y sabiendo que la misma era importante en las finanzas de la empresa ante la estrechez económica que se comenzaba a sentir y que llegaría más fuertemente en un futuro cercano. Ahora solo me faltaba encaminar lo de mis intenciones políticas.

~

Una vez tuve claro lo relativo a mi venidera campaña política y de establecer un esquema y un organigrama de lo que esta sería, le notifiqué en detalles a mi mujer y a mis hijos de mis intenciones. De todos no recibí ninguna objeción, sino que un respaldo unánime y contundente. Eso no sólo me hizo muy feliz sino que me reforzó en mi deseo de que todos se integraran activamente en la campaña, algo que aunque yo no dudé, pensaba que quizás por otros compromisos no podrían hacer, sobre todo la nena con sus estudios. ¡Ahora todo era cuestión de meter mano!

Lo primero que hice fue citar al "alcalde" del barrio y a todos aquellos líderes comunitarios que un tiempo atrás fueron los gestores de este movimiento. Para ellos fue una grata sorpresa mi deseo de aceptar una candidatura a Representante de la Cámara por la comunidad dominicana y además encontraron muy conveniente la idea de mi jefe de hacer una candidatura independiente ya que eso garantizaría un respaldo masivo de toda una comunidad, no importaba a qué partido político pertenecieran, ni a qué candidato a alcalde respaldaran. Quedamos en hacer un Comité de Campaña y para mi gran sorpresa mi hijo me notificó que él lo presidiría. Entonces busqué una casa para alquilar y así cumplir con el requisito de residencia necesario para poder aspirar a la candidatura.

Días después comenzó formalmente nuestra campaña aún cuando todavía faltaba alrededor de dos años para las elecciones. Comenzamos yendo a la Comisión Estatal de Elecciones para orientarnos y retirar toda la documentación que habría que someter posteriormente una vez cumplimentáramos todos los requisitos de rigor. En la Comisión como que no tomaron muy en serio nuestra petición sobretodo porque era la primera vez que intentaba una persona particular, sin una maquinaria partidista, buscar un escaño legislativo. De todas maneras nos trataron con mucho respeto y nos dieron todos los documentos e instrucciones pertinentes.

El requisito de más importancia y el que ahuyenta a

otros que como yo pudieran tener los mismos objetivos, es el de buscar alrededor de veinte mil endosos ante notario de mi candidatura. Yo no le cogí miedo al requerimiento y planifiqué junto a mi hijo y otros voluntarios la estrategia a seguir. Dividiríamos en pequeños sectores todo nuestro precinto incluyendo Barrio Obrero, Cantera, Las Casas, Villa Palmeras, Don Bosco y la Eduardo Conde y en todas tendríamos un encargado de barrio. Asignaríamos un notario a cada uno de los grupos y señalaríamos un día específico por sector para recoger los endosos. La idea parecía buena y fue acogida por todo el grupo de trabajo y nuevamente metimos manos a la obra.

Para sorpresa nuestra y mucho más de la Comisión Estatal de Elecciones en tres meses cumplimos con el requisito de los endosos. Entonces sometimos todos los documentos según requerido y solo nos faltaba esperar por la aprobación y el visto bueno de los Comisionados. Esto tardó un poco más de lo que esperábamos; alrededor de tres meses también, y yo me imagino que fue así en gran medida por la renuencia de los políticos profesionales, a los que se le hacía muy difícil el ver a alguien que no es de su clase retar el sistema. Pero ahí estaba yo y cumplí con todos y cada uno de los requisitos por lo cual no tuvieron alternativa que certificar mi candidatura, aunque con las muelas de atrás.

Ya siendo yo un candidato oficial a la Cámara de Representantes del gobierno de Puerto Rico, comenzamos a planificar nuestra campaña ... Empezaba en el país la víspera de la campaña electoral y todos los participantes se preparaban para la misma. Muchos de los candidatos a puestos electivos habían sometido a sus respectivos partidos sus candidaturas y aquellos que no tenían oposición ya habían sido certificados por los partidos como candidatos oficiales. Otros, los menos, tendrían que ir a primarias internas de sus partidos las cuales estaban programadas a celebrarse ya para esos días y con suficiente antelación a las elecciones para que tuvieran el tiempo suficiente de desarrollar sus campañas. Pero algo muy extraño estaba ocurriendo en mi precinto y en ese momento yo no podía definir lo que era.

Quedaba menos de año y medio para las elecciones. Se hizo un programa de visitas de campaña a todos y cada uno de los sectores que comprendía mi precinto representativo. Las mismas serían programadas a todos los distintos sectores usando la misma división que se hizo para los endosos. Y para esto si que fue importante los conocimientos de ingeniería que yo tenía y sobre todo los de mi hijo. Y así comenzamos nuestro programa de visitas que incluía el difundir mi programa de ayuda comunitaria y solidaridad cívica que no sólo incluía a los dominicanos, sino a todos y cada uno de los constituyentes de mi precinto.

En esta primera etapa las caravanas y discursos se limitarían a los días viernes, sábados y domingos. Mi Comité de Campaña sí estaría activado todos los días en un local que habíamos alquilado a muy buen precio y el cual pagamos cómodamente con los donativos producto de colectas con alcancías que un grupo de voluntarios organizó en todo el precinto. Queríamos que nuestra campaña fuera una de vellón a vellón y no incluyera grandes donativos de personas que pensaran que cobrarían en favores políticos sus aportaciones.

La campaña y el Comité funcionaba como aprendí yo con mi jefe a organizar empresas. Para todo había un grupo encargado y varios supervisores por áreas. Mejor no podíamos estar y el entusiasmo y la confianza de todos aumentaba día a día. Pero mi vida era mucho más que mi campaña electoral y esta también había que atenderla.

～

El negocio de construcción seguía trabajando bien. Los muchachos administraban el negocio como se debía y habían mantenido un volumen de trabajo aceptable aún cuando por razones obvias los beneficios no eran como antes. Mi hijo también se había ya convertido en tremendo ingeniero y contrario a los muchachos dividía sus labores entre los proyectos en el campo y los trabajos en la oficina. Así, si alguno de los muchachos faltara por la razón que fuera, él podía sustituirlos adecuadamente.

La nena terminaba este año sus estudios de medicina y comenzaría su residencia en pediatría que era lo que más le atraía. La relación de amistad que tenía con el joven que la acompañó en la fiesta de graduación se había convertido en noviazgo y me imagino que muy pronto en matrimonio, ya que su novio estaba en su segundo año de residencia en cirugía. Mi mujer estaba contenta y se llevaba muy bien con el futuro yerno. Yo igual, aunque como todo padre, a veces con rabia sabiendo que me quitaban a mi hija. Pero esa es la ley de la vida y no es mucho lo que se puede hacer que no sea desearle lo mejor.

Y lo que ocurría en el barrio sí que estaba de lo más interesante. Yo, dedicándome totalmente a mi campaña no podía obviamente atender mi oficina legal. Afortunadamente mi hijo ya hacía un tiempo que era el que corría la oficina, demostrando mucha más capacidad organizativa que yo y había comenzado con la "Fundación Francisco Alberto Caamaño Deñó", que tal como lo habíamos ideado, trascendía lo que era meramente ofrecer asesoramiento legal a los ciudadanos y se convertía en prácticamente una agencia de gobierno no oficial que brindaba todos los servicios necesarios a la atribulada comunidad dominicana que tanto queríamos ayudar.

Ya entrando de lleno en la campaña electoral decidí notificarle a los muchachos mi decisión y deseo de retirarme totalmente del negocio. Esto lo hice después de comunicárselo al jefe y recibir su bendición. Le entregué mis acciones según estipulado y ellos me ofrecieron a mí lo mismo que se le dió a su padre como su manera de agradecer todo lo que hice con su familia y con ellos; esto es, vehículo, combustible y estipendio para gastos de representación. Mis acciones se las ofrecieron a mi hijo, pero este, en una acción que nadie esperaba, no las aceptó y expresó que se quedaría trabajando sólo el tiempo que ellos decidieran necesario, porque su corazón y su deseo estaba en la Fundación y a eso le dedicaría todo su esfuerzo.

Nuevamente yo me quedé atónito con esta decisión de mi hijo. Tenía que sentirme muy orgulloso con esa determinación porque mi hijo era puertorriqueño y toda su vida había sido aquí. Pero parece que el desprendimiento patriótico que vió en mi y en todos esos líderes comunitarios del barrio, pudo más que el beneficio económico y de seguridad familiar que le brindaba su profesión de ingeniero y su trabajo en la empresa.

A los muchachos aunque les cogió de sorpresa su decisión no se molestaron sino que le brindaron todo su apoyo e inclusive no solo le informaron que las puertas estaban abiertas siempre si deseaba volver sino que inclusive sus acciones estaría esperando por él si así lo decidía.

~

Faltaban solamente seis meses para las elecciones y seguía sorprendido de no saber aún quienes serían mis contrincantes en los comicios electorales. Y estando con esa incertidumbre un buen día recibo como por arte de magia y como si se hubiesen puesto de acuerdo una llamada en mi oficina de campaña de los candidatos a la alcaldía por el Municipio de San Juan de los dos partidos del país. Ambos me solicitaron una reunión con las condiciones que yo impusiera para el día y el lugar que yo decidiera. Me asusté porque me parecía que iba a ocurrir lo que tanto yo le había sacado el cuerpo y era entrar en polémica y discusiones con los que hacían de la política su forma de vida. Coordiné las reuniones y me preparé para lo peor.

No estaba muy lejos de lo que yo creía, pero ambos encuentros fluyeron bastante bien. Aunque no pareciera posible, había una gran posibilidad de que las elecciones alcaldicias de la ciudad capital, e inclusive las gubernamentales, pudiesen ser decididas por un margen tan pequeño y sin claros favoritos, como para insinuar una alianza mía con ellos. Los dos ofrecieron no nominar en mi precinto ningún candidato que me retara a la Cámara de Representantes con tal de que yo ofreciera un endoso a ellos para alcalde y al candidato de su partido a gobernador. Yo solo escuché para sorpresa de ellos, porque para el que vive de la política este era un ofrecimiento que no se podía rechazar, amén de todos los otros ofrecimientos que me hicieron en beneficio de la comunidad.

Yo sabía inmediatamente lo que les iba a contestar pero decidí posponer mi respuesta a ver como yo lograba comprometerlos con nuestros constituyentes. Era evidente, para mi orgullo y satisfacción, que nadie me podía retar ante el apoyo tan masivo que tenía mi candidatura, y que ahora yo podía empezar desde ya a usar en beneficio de mi gente. Me reuní con mi hijo primero y luego de delinear mi plan de ataque nos reunimos con los líderes de barrio para comunicarles mi decisión. Y así las cosas cité a ambos candidatos a la alcaldía a una reunión conjunta para comunicarles lo decidido.

Los recibí a ambos, quienes al verse uno frente al otro, por poco se quedan muertos. Yo fui muy cordial y creé un ambiente de unidad que los relajó un poco. Les comuniqué el que luego de consultar con mis asesores y Comité de Campaña había decidido no aliarme a ninguno de ellos y mantenerme neutral en la contienda alcaldicia y de la gobernación. Mis constituyentes apoyarían individualmente a quien ellos así decidieran y ni yo, ni ningún miembro de mi Comité de Campaña, expresaría preferencia por ningún candidato. Así yo mantendría una campaña exclusivamente por mi escaño legislativo y no me inmiscuiría, tal como yo quería, en la política partidista. Esperaba que ellos aceptaran preliminarmente conformes mi decisión porque en última instancia, si no recibían mi apoyo, al menos no recibían mi rechazo y así su contienda sería justa.

A los pocos días ambos me comunicaron la aceptación final de mi propuesta y a su vez el compromiso de no postular candidatos que me retaran. Además quedó claro que cuando fueran por mi precinto a hacer campaña, no se podían hacer acompañar por ninguno de los miembros de mi Comité y mucho menos usar mi nombre aunque fuera para expresar apoyo a mi persona.

La campaña se intensificó según se acercaba el día electoral y aunque yo era el único candidato en toda la isla que corría sin oposición, eso en nada hizo que mi entusiasmo y compromiso mermara y yo seguí con mi plan de que todos y cada uno de los electores de mi precinto oyera mi mensaje de esperanza y compromiso con mi comunidad. Los dos candidatos a la alcaldía visitaron una vez nada más nuestro barrio y ambos cumplieron cabalmente lo acordado. De los candidatos a la gobernación ninguno vino al precinto, me imagino que porque sabían de nuestra decisión de mantenernos neutrales.

~

Ya faltando sólo semanas para las elecciones mi hijo se retiró finalmente de su trabajo en la empresa constructora. Demás está decir que le hicieron una tremenda fiesta de despedida como las que organizábamos nosotros en la finca del jefe. Fue una gran satisfacción para mi el ver como mi hijo se ganó el cariño y el respeto de todos los compañeros de trabajo y el verdadero pesar de los muchachos, sus hermanos, al ver que ya no estaría más con ellos. Pero todos sabían que iba a algo que era su verdadera vocación, ayudar a los que le necesitaban.

La Fundación Caamaño al poco tiempo, ya era un monstruo y verdaderamente un gobierno de la comunidad dominicana. Ya teníamos escuela, dispensario médico, servicios legales y de inmigración, deportes y entretenimiento tal como lo soñamos. Y el sueño se convirtió en realidad y la cantidad de empleados y voluntarios que teníamos nos convertía ciertamente en el grupo de más poder en la política puertorriqueña.

En el plano familiar el apoyo y la solidaridad de mi familia no tenía precio. En esos días nuestra hija se comprometió con su novio y fijaron la boda para tan pronto se terminara el proceso electoral. La noticia tuvo un efecto agridulce en mi. Por un lado de felicidad por la persona que se convertiría en su marido y por otra tristeza, coño ... porque los padres somos así con nuestras hijas.

Mi hijo también comenzó una relación formal con la joven del barrio que lo acompañó igual a su fiesta de graduación y mi mujer como siempre más bella y más hermosa, sin muestras de depreciación, ni en su físico, ni en su carácter.

Sólo restaba esperar a el día de las elecciones ...

XIV

El día de las elecciones se acercaba más cada vez hasta que finalmente llegó. En ese momento toda la familia fuimos a votar muy temprano en la mañana según nos correspondía y luego a nuestra casa de Barrio Obrero. Cerca de las dos de la tarde nos trasladamos a mi Comité de Campaña. Parecería mentira, pero aún compitiendo sin oposición, teníamos una tensión y un entusiasmo como si estuviéramos en una contienda electoral cerrada e incierta. Demás está decirles que me atosigué de *Imodium* en la noche anterior y nuevamente por la mañana antes de las elecciones ... Por si acaso ...

A las tres de la tarde cerraron los Colegios Electorales y las votaciones terminaron. A esa hora comenzaba ya el grupo de simpatizantes y seguidores de mi candidatura a aglomerarse en torno al Comité de Campaña. Ahora solo faltaba el conteo de los sufragios que en Puerto Rico era relativamente rápido y ya se esperaba que temprano en la noche se supieran los resultados. Tal parecería como si se esperara por la confirmación de los votos que me elegirían a mi escaño aunque sabíamos que yo competía solo y mi elección era segura. Pero así es la política y aunque se sepa que uno va a ser elegido, siempre como que es bueno saborear la ratificación del triunfo.

El comité había preparado tremenda actividad de victoria porque lo que celebraríamos, mucho más que mi elección, era el reconocimiento de nuestra identidad nacional y nuestra presencia en el quehacer social y político de esta segunda patria. Todos eufóricos hacíamos que pareciera más la elección del presidente de la república que meramente la de mi aspiración legislativa. La música comenzó exactamente a las tres de la tarde por aquello de respetar el proceso de votación y duró hasta tarde en la noche sin detenerse. Por allí desfilaron de forma gratuita y como obsequio a la comunidad nuestra, todas y cada una de las orquestas y agrupaciones dominicanas establecidas en la isla. Algo que no podíamos evitar era el consumo de bebidas alcohólicas; prohibidas por ese día, y la comedera de frituras típicas de nuestro país en ventorrillos improvisados en el borde de las calles. Allí se conseguían pastelitos, quipes, longaniza y pinchos de todas clases. Era una verdadera fiesta como nunca se había visto y la algarabía estoy seguro que no tenía igual en ningún otro lugar de la isla, ni con ningún otro candidato.

A las cinco de la tarde pude dar un muy breve mensaje de agradecimiento a todos los que hicieron posible mi elección y más importante aún, un solemne juramento de que no los defraudaría y daría todas mis energías y trabajo en favor de mis constituyentes. Me alegró mucho ver que como parte de la fiesta y la celebración había un nutrido grupo de boricuas de mi precinto que celebraban igual que mis compatriotas, lo que ratificaba mi compromiso con todos mis representados y no sólo con la comunidad dominicana.

Ya luego del mensaje toda mi familia me acompañó a celebrar junto a los presentes en una demencia colectiva que sólo yo podía comparar con una celebración de las Fiestas de la Calle San Sebastián. En eso estábamos cuando recibí la muy grata sorpresa de la visita de mi jefe y toda su familia a la celebración de mi elección. Aquí sí que no pude contener mis lágrimas y jamás en la vida he podido olvidar el efecto de gratitud y felicidad que tuvo en mí ése encuentro. Cada día admiro y respeto más como mi maestro y forjador de vida a este querido hombre que por destino divino se convirtió en mi padre. Junto con esa alegría también me vino un pequeño sentir de tristeza al ver que el jefe se ponía viejito y que ya casi llegando a sus ochenta años no sabía cuánto tiempo más lo tendría a mi lado. Pero hoy era día de celebrar y estar feliz. Después en otro instante pensaría en esta triste realidad que no podía obviar.

Las elecciones generales fueron extremadamente cerradas tal como se anticipaba. ¡Imagínense entonces el interés de los dos partidos políticos que intentaban gobernar el país en el respaldo y los votos de nuestra comunidad dominicana! Y miren lo cerrada que fueron las mismas que nuevamente como un regalo de Dios para nosotros los dominicanos, ocurrió que la Gobernación y la Cámara de Representantes la ganó un partido y la alcaldía de San Juan y el Senado lo ganó el otro. Ahora yo tendría acceso con poder al gobernador y al alcalde de la capital y ambos me darían todo lo que les pidiera a cambio de congraciarse con nosotros.

Los mensajes de felicitación no se hicieron esperar. No me lo van a creer pero hasta el mismo Presidente de la República no solo me envió un mensaje de felicitación, sino que me llamó telefónicamente al Comité de Campaña ese mismo día de mi elección. Aquí en Puerto Rico todos los políticos a los que les convenía el favor de nuestra colonia dominicana se volcaron en halagos y felicitaciones. ¡Cómo si a mi me hiciera gracia y falta esa lambonería! También recibí con mucho más agradecimiento los parabienes de todos esos colegas de nuestra industria de la construcción que por tantos años compartieron labores de alguna forma conmigo y que genuinamente me deseaban lo mejor, sobre todo sabiendo el interés que me motivaba a ser parte de la Cámara.

～

La juramentación a mi cargo sería como en dos meses así que decidí cogerme unas muy merecidas vacaciones y darme un viajecito a mi otro país a visitar a mis familiares y a celebrar con ellos mi elección. Aprovecharía también junto a mi esposa a darnos unos días en Constanza ó en Jarabacoa para poder reflexionar y poner en orden mi futuro inmediato.

Estuvimos varios días en Cotuí con mi familia y

luego igual con la de mi mujer en El Seibo. Disfrutamos y celebramos como si yo fuera una persona importante y esos días sirvieron mi propósito de despejarme la mente y comportarme como una persona normal. Entonces tal como planificamos nos fuimos unos días a Constanza donde esta época del año nos hace pensar, por el frío pelú que se siente, que estamos en el norte.

Ahí también logré mi propósito de poner mi futuro en orden. Mi agenda de trabajo legislativo estaba organizada ya hacía mucho tiempo. Tal como lo había planificado no iría a la legislatura solamente a defender a mi diáspora dominicana, que si bien es cierto que era mi prioridad, no es menos cierto que también tenía un compromiso con este pueblo que quiero tanto como al mío y que me dió la oportunidad y las facilidades de hacerme gente ... y si no es porque la doñita ya tiene sus añitos ¡sabe Dios si hasta preñá hubiese terminado!

~

Ya de regreso a la isla mi trabajo y mis esfuerzos se circunscribirían única y exclusivamente a mi labor legislativa. La nena y su novio ya habían fijado el día de su boda para el mes de mayo y aunque obviamente la misma correría por mi cuenta, ellos mismos se encargarían de organizarla. Les cedí la casa de Guaynabo ya que estando ahora mi mujer y yo solos, para nada me hacía falta, contrario a ellos que de seguro harían una familia.

Mi hijo ya vivía con su novia, algo que cada día se

acostumbraba más en el país. Se dedicaba por completo a su trabajo como presidente de la Fundación y recibía un salario adecuado aunque muy por debajo de lo que como ingeniero y abogado se pudiese buscar. Pero esa era su vocación y con mucho orgullo y solidaridad yo lo respaldaba. Había comprado un apartamento en Santurce muy cerca del barrio y estaba cada día más feliz y contento con su indiecita y el bebé que venía en camino.

En total estuvimos tres semanas en la República Dominicana y en el ínterin mi equipo de trabajo organizó lo que sería mi oficina legislativa y la ceremonia de inauguración. Mi hijo me había conseguido y compré al regresar, un muy buen apartamento en el área de Monteflores para estar con mi comunidad y con mis constituyentes. ¡Quién me lo iba a decir! finalmente acabé viviendo en Barrio Obrero, tal como lo pensé en mis primeros días en la isla y como nunca pensé que me fuera a ocurrir.

~

Finalmente llegó el día de mi juramentación a la Cámara de Representantes del Estado Libre Asociado de Puerto Rico. La actividad era una ceremonia solemne en el hemiciclo cameral y el secretario del cuerpo juramentaría a todos los elegidos a sus cargos. Mi familia me acompañó aunque con gran tristeza eché de menos al jefe y a su mujer, aunque sus hijos si estuvieron presentes. Ya el viejo estaba sintiendo los años y aunque no sufre de ninguna enfermedad visible no tiene el ánimo ni el entusiasmo de siempre. De todas formas sé que su alegría y satisfacción por este nuevo logro mío lo está celebrando aunque físicamente no esté presente.

Ya en este primer acto oficial de mi labor legislativa me pude dar cuenta de lo que estaba por venir. La vanidad y la arrogancia de muchos de los que habíamos sido elegidos para servirle a nuestro pueblo era evidente y notable. Algunos ya habían comenzado a cabildear entre los miembros de sus delegaciones por las posiciones de liderato, muchas de las cuales conllevaban aumento salarial y presupuestos de oficina mayores. Conmigo se jodieron porque yo estaba en este puesto con un sólo propósito y este no incluía ni posiciones ni negociaciones para beneficio propio. Y así comenzó mi historia legislativa, anticipando y siendo un prólogo de lo que me encontraría después.

~

Muy pocas cosas me sorprendieron en estas labores legislativas. Por un lado estaba la incapacidad intelectual de la inmensa mayoría de los colegas. Ciertamente pertenecer a una rama de gobierno como esta, que constitucionalmente tiene la obligación de legislar y crear leyes, con estos compañeros, es una vergüenza para cualquiera que se ame algo. Lo que se publica en la prensa y llega al ciudadano común dista mucho de la realidad de lo que allí se encuentra. Así que imagínense como me hubiese sentido yo si mi paso por mi escaño no fuera de esta manera independiente y sin ataduras que me aparta del resto de mis colegas. Y aún así no crean que en muchas ocasiones me avergüenza cuando tengo que decir que soy legislador.

Otra característica generalizada es la de la arrogancia y prepotencia de la gran mayoría de los compañeros. Si usted viera como citan a las vistas a los deponentes y los hacen esperar varias horas como si estos no tuvieran otras obligaciones, se daría cuenta que a lo mejor me quedo corto en mi apreciación. Nos creemos dioses porque así nos lo hacen creer los lambones que trabajan en el cuerpo y pensamos que el resto de la humanidad nos tiene que tratar igual. Si supieran que para la inmensa mayoría de los ciudadanos de este país no somos más que payasos pagos por la misma ciudadanía.

Y ni hablar de posiblemente el peor de todos los males en el cuerpo … la corrupción. La misma es tan visible y tan palpable que yo no se como no son más los legisladores que se acusan y se hallan culpables. Lo que pasa es que me temo que si fuera así en muy poco tiempo quedarían prácticamente desierto ambos hemiciclos.

Pero bueno, aún así, poco a poco fui logrando mis propósitos y me gané el respeto de la mayoría de mis colegas aunque también el repudio de algunos precisamente por esa misma razón. La cantidad de medidas en beneficio de mis constituyentes fue valiosísima y con toda honestidad aún con las decepciones por el comportamiento y actitudes de algunos colegas me sentía complacido con mi labor y los logros.

Me dediqué genuinamente en cuerpo y alma a mis labores legislativas. Pertenecía a un sin número de comisiones donde el ser un legislador independiente me daba la ventaja de evaluar y argumentar sin tener las ataduras de programas de gobierno del resto de los compañeros.

En mi tiempo libre compartía con mi familia muchas veces en el mismo Barrio Obrero aunque siempre trataba de separar mi labor legislativa de mi privacidad familiar y me comportaba en los negocios como cualquier hijo de vecino y como era antes de ser representante. Con mi hijo en particular era muy cauteloso porque trataba de evitar el que se me viera con él en conversaciones que pudieran parecer de trabajo y siempre intentaba encontrarme con él en sitios públicos y en son de diversión. Quería evitar el que tan siquiera se pensara que usaba mi posición en la legislatura para favorecer a la Fundación, aunque si así fuera, por el servicio que esta prestaba a la comunidad, ciertamente no sería pecado hacerlo.

Nuevamente tengo que decir que mi vida marchaba en todos los aspectos de maravillas y me sentía que había llevado una vida plena y fructífera. Había servido y ayudado a muchos necesitados y sentía que le estaba pagando a mi Dios parte de lo que Él siempre me había dado. Pero un buen día recibí una noticia trágica que me causó una tristeza de la cual nunca me he podido reponer ... el jefe se moría ...

~

Había recibido un mensaje del hijo mayor del jefe donde me pedía por favor que fuera al hospital que su padre estaba grave y me quería ver antes de lo que inevitablemente se esperaba en corto tiempo. Salí como un loco y llegué al hospital a tiempo. Entré y el viejo, con esa paz y calma pasmosa que lo caracterizaba, me cogió mi mano y me susurró que nunca abandonara a su familia ... y entonces sonriendo se fue para siempre y con él parte de mi vida ...

¡COÑO! Este ha sido el momento de más tristeza y sufrimiento que he tenido en mi vida. Un hombre que sin ser mi familia me dió todo y me hizo todo lo que yo soy hoy en día se me va, y lo único que pide es que yo vaya a verlo antes de morir para susurrarme el que nunca abandone a su familia. ¡Esto nada más que me pasa a mi!

Se hicieron todos los arreglos fúnebres y cada instante que pasaba durante el proceso era uno de más intenso sufrimiento y dolor para mi. Solamente por el apoyo de mi mujer, mis hijos y la familia del jefe pude tolerar toda esa pena.

Caí en una depresión crónica y de momento pensé en abandonarlo todo, incluyendo mi puesto legislativo.

Nuevamente solo encontré consuelo y apoyo en mi familia y en ese pequeño grupo de verdaderos amigos que uno siempre sabe que tiene, pero que en muchas ocasiones solo se da cuenta en momentos como estos.

Poco a poco comencé a recuperarme, si es que algún día iba a hacerlo del todo. Visité por algún tiempo a un psiquiatra colaborador del Proyecto Caamaño que fué de gran ayuda y consuelo. Entonces no tuve otra alternativa que ir poniéndome de pié. Regresé a mis labores y responsabilidades y con cada día que pasaba la resignación y aceptación de la realidad se hacía más patente. Y es que tenía que hacerlo en memoria a mi patrón, porque ¿cómo iba a estar yo pendiente de su familia si no empezaba yo mismo por estar bien?

~

Ya estábamos por un poco más de la mitad del periodo del gobierno. Aún con todo el tiempo que faltaba para las próximas elecciones los colegas comenzaban a movilizarse en su empeño de reelegirse. Yo todavía no sabía si aspiraría a la reelección porque aunque era mucho lo que había logrado y nuevamente tenía el respaldo absoluto de mis constituyentes en el precinto, sabía que me faltaba mucho por hacer. Entre mis colegas yo era tierra aparte porque sabían que mi puesto era el único seguro en la próxima Cámara si es que yo decidía aspirar nuevamente. Muchos intentaban congraciarse conmigo, sobre todo si competían en precintos de alguna población dominicana como Mayagüez, porque si lograban mi endoso se verían beneficiados. Pero yo siempre había preferido mantenerme neutral y no favorecer ni rechazar a ningún compañero.

Me reuní con mi familia para saber su sentir. Nuevamente el apoyo que recibí de ellos fue unánime y de igual manera les hice saber que de decidir reelegirme este sería definitivamente mi último periodo legislativo y después me retiraría con mi mujer no sabía a dónde, pero sí a disfrutar mis últimos días tal como me enseñó el jefe. A los líderes del barrio también les consulté y ellos de igual manera me apoyaron y nuevamente se constituyeron en el Comité de Campaña con miras a las próximas elecciones.

Y así fue fluyendo todo esta vez con más facilidad y culminando nuevamente con mi reelección. Todos los actos de elecciones, festejos y juramentación fueron parecidos a los de mi primera elección. El ánimo y el empeño en nada había decaído sino por el contrario y esta vez sí fueron políticos a hacer campaña en mi precinto aunque siempre respetando los parámetros establecidos por mí para dichos actos. Yo con la mayor modestia me había convertido en un ejemplo de lo que debería ser un funcionario público, sobre todo un legislador y gozaba del respeto ahora más marcado de todos los aspirantes y colegas. Entonces aunque yo no los acompañaba ni hacía expresiones con referencia a sus candidaturas, el mero hecho de estar en mi precinto les daba a ellos la seguridad de que se supiera que no eran mis adversarios.

Desafortunadamente el nuevo periodo legislativo se compuso de miembros muy parecidos al anterior ... el mismo bajo nivel intelectual, la misma arrogancia y prepotencia y la misma corrupción; males que parecen inevitables en nuestra idiosincrasia política caribeña. Nuevamente tuve la satisfacción de lograr durante el cuatrienio muchos beneficios para mi comunidad y para el pueblo puertorriqueño. Ya había cumplido con mi labor a cabalidad y podía irme a retirar en paz y conformidad. Me acercaba a mis sesenta y cinco años y ya estaba bien de trabajar y para darle paso a otros más jóvenes que trajeran un nuevo entusiasmo y energías que ya yo no tenía. Entonces anuncié mi retiro y mi pase de batón.

XV

Tal como ya había decidido, reuní a mis líderes de barrio y miembros del Comité de Campaña y les anuncié mi decisión final y definitiva de no aspirar a un tercer término legislativo. Todavía faltaban dos años para terminar mi periodo en la Cámara, pero como sabía que se iba a seguir con la tradición de tener un candidato que fuera independiente, lo quise hacer con tiempo para que el proceso de recoger endosos se hiciera con calma y organización. Mi decisión al principio generó disgustos y controversia pero finalmente los líderes aceptaron que ya yo también necesitaba descanso y tenía que atender a mi mujer que tanto se había sacrificado por mí y que me había apoyado en todo este tiempo. Ahora sólo faltaba buscar un sustituto que me reemplazara y siguiera con mi labor en favor de la comunidad.

Seguí trabajando y cumpliendo como siempre y nunca le falté a mis representados. Al contrario, seguía cada día con la misma energía buscando beneficios a toda esa comunidad que me respaldaba y me quería, y a quien yo no podía fallarles aunque ya estuviera llegando al final de mi compromiso.

En el receso navideño de la sesión legislativa

decidí ir a celebrar con mi mujer las navidades a Santo Domingo. Fuimos a Cotuí y a El Seibo varios días pero teníamos interés de pasar la despedida de año en la capital. La Nochebuena la pasamos con mis padres y el día de la Navidad con los de mi mujer, así que quisimos estar nada más que nosotros dos en la despedida de año y nos quedamos en el Hotel El Embajador celebrando junto a otros huéspedes de una buena fiesta que organizaba el mismo hotel. La fiesta era con todo, como las que hacíamos en Puerto Rico. Había buena comida, bebida y hubo show artístico y después baile hasta el amanecer. Ya casi en la mañana nos sirvieron tremendo sancocho que revivía muertos.

Nunca habíamos pasado de adultos unas navidades en nuestro país. Por otros compromisos y después por los hijos, esto se nos hizo imposible todo este tiempo. La experiencia fue extraordinaria y me llenaba de mucho entusiasmo y ánimo el ver que estando todavía joven iba a tener la oportunidad de exponerme con mi esposa a nuevas experiencias que completarían mis satisfacciones en la vida.

～

Regresamos renovados y con nuevos bríos. El tiempo que quedaba de mi compromiso legislativo pasaría antes de que me diera cuenta, sobre todo porque iba a hacer un gran esfuerzo por culminar con todo lo que me comprometí a lograr y de lo cual era muy poco lo que me faltaba. Lo único que me quedaba era saber quién sería el candidato que me sustituiría porque inclusive yo quería ir introduciéndolo y entrenándolo en mis labores. ¡Todavía me acordaba de lo que aprendí con el jefe en lo referente a la sucesión!

Seguía un poco intrigado y se puede decir que hasta sorprendido al ver que el tiempo pasaba y que por más que le pedía a los líderes de la comunidad el buscar el sustituto a mi puesto, éste no aparecía. Yo no quisiera ni pensar que se estaba utilizando un mecanismo de presión conmigo tratando de hacerme cambiar de opinión en lo referente a aceptar mi reelección. Entonces me reuní con ellos y les dí un ultimatum para seleccionar al candidato. Les dí un mes para conseguir a los que tuvieran el interés de aspirar a la candidatura para entonces entrar en un proceso de selección donde participara toda la comunidad. Nos reuniríamos exactamente dentro de un mes y comenzaríamos el proceso de selección del candidato.

En el ínterin mi hija se había casado y ya tenía un hijo. Estaba feliz y tenía un trabajo en un hospital de la comunidad a tiempo parcial para así tener tiempo de atender a su muchacho. Además brindaba servicio voluntario y gratuito junto a su marido dos veces al mes en el dispensario de la Fundación. Vivían en la casa que les había regalado y estaban estables y contentos.

Mi hijo igual. Ya tenían dos hijos, la parejita. Seguía

presidiendo la Fundación y cada día, para mi orgullo, era más querido y respetado por la comunidad por la labor que realizaba a favor de nuestra gente. La Fundación Francisco Alberto Caamaño Deñó funcionaba como un pequeño gobierno dando servicios a la comunidad y entre sus cosas se encargaba de difundir y reafirmar nuestra cultura y nuestra historia ... ¡como debía ser!

~

Empezamos a aprovechar cada vez que teníamos un par de días libres a darnos un viajecito a nuestro país. La mayoría de las veces visitábamos a los viejos, que cada día estaban más viejitos, y en otras nos podíamos quedar en la capital o visitar y conocer el interior de nuestra tierra y que tan poco conocíamos. Y un buen día, embargados por toda esa nostalgia acumulada al verdaderamente empezar a conocer nuestro pueblo y nuestra gente decidimos dos cosas ... compraríamos un pequeño y modesto apartamentito en la capital y arreglaríamos y ampliaríamos las casas de los viejos, tanto en Cotuí como en El Seibo, para poder pasar temporadas en cualquiera de los dos sitios pero con ciertas comodidades. Y eso mismo hicimos y regresamos contentos a nuestro otro país.

~

Al llegar a Puerto Rico el asunto más apremiante e importante era la reunión con los líderes comunitarios según acordado para seleccionar entre los interesados al candidato que me sustituiría en la aspiración cameral. Llegó el día de la reunión y lo hicimos en mi antiguo Comité de Campaña, ahora convertido en mi oficina cameral de campo. La reunión comenzó y sin mucha demora el "alcalde" tomó la palabra.

---- *Mire Representante ... según nos encomendó, hemos buscado al candidato de nuestro precinto que lo sustituirá a usted. La selección ha sido fácil y unánime, aunque aún no se lo hemos comunicado a esa persona y no sabemos si él aceptará. Lo que sí es cierto es que es la única persona que respaldamos y si este no aceptara nos jodimos y nos quedaremos sin representante, porque no queremos a otro que no sea él. Confiamos en que usted con su experiencia y sabiduría reclute a esa persona y de lo demás nos encargamos nosotros.*

Me parecía que todo estaba planchao y no dudaba en convencer al seleccionado para que aceptara. Obviamente eso fue así hasta que me indicaron que el escogido era mi hijo y que no aceptarían a nadie más.

¡Ahora sí que se jodió esto! ... Por un lado yo siempre me había opuesto a las monarquías que se daban aquí, donde los hijos heredaban los puestos de sus padres como si las posiciones electivas fueran de su propiedad. Por otro lado el proyecto de la Fundación Caamaño era más importante para nuestra comunidad y nuestro pueblo que cualquier posición de gobierno y yo dudo que alguien pudiera manejar la misma como sólo lo podía hacer mi hijo. Me quedé mudo y en blanco y no podía ni pensar.

Me dió dolor de barriga, para variar y tardé unos minutos en recobrar mi compostura. Esto no puede ser, esto debe ser una broma … era lo único que me venía a la mente.

Los presentes se asustaron y pensaron que me iba a dar algo malo. Lo menos que se imaginaban es que esa noticia iba a tener ese efecto en mí y mucho menos las razones para que lo tuviera. De la mejor manera que tuve y con la mayor cortesía que pude les indiqué que de momento me sentía mal y que iría a mi casa. Pronto sabrían de mi me comprometí con ellos, pero yo no sabía lo que iba a hacer.

Llegué a mi apartamento sin color, la suerte que era muy cerca. Mi mujer al verme se asustó igual que los que recién se acababan de reunir conmigo. Me preparó un buen baño caliente y una sopita de pescado con unas cabezas de mero que teníamos en el congelador. También me sirvió un pequeño traguito de Brugal Extra Viejo *straight* que me tomé de una vez y que me subió un poco la presión y me estabilizó.

Más tarde, ya después del baño y mientras le entraba a la sopa le dije a la mujer que estaba en mucha tensión y que se me habia planteado un asunto importante que tenía que resolver. Después de tantos años juntos ella sabía que esa era mi manera de decir que ahora no era el momento de hablar del tema y que una vez yo estuviera claro entonces lo discutiríamos. Me fui a acostar una vez terminé la cena y dormí bastante bien.

Al otro día seguí con mi rutina diaria en el Hemiciclo Cameral y comencé a postergar el pensar en lo de la candidatura. Ese viernes arranqué con mi mujer para Santo Domingo a descansar y poner mi cabeza en orden en nuestro apartamentito.

Estuvimos por la zona colonial y visitamos un par de esos establecimientos clásicos donde se reúnen las peñas de amigos a discutir cosas de la vida, más por tener de qué hablar, que de resolver algún asunto. Nos dimos un vinito y almorzamos en uno de esos elegantes restaurantes de turistas en la zona. Entonces sin tener claro todavía lo que haría, le comenté a mi mujer lo que pasaba. Mi mujer sólo escuchó y estoy seguro que se sorprendió tanto como yo con la noticia. De igual manera sé que no sabía qué pensar. En lo que sí ambos coincidíamos era en que sentíamos un gran orgullo por las ejecutorias de nuestro hijo por los más necesitados, incluyendo el sacrificio económico al cual se sometía con tal de ayudar a los que inclusive se pudiera decir que no eran sus compatriotas. Pero como él mismo decía, era puertorriqueño de pura cepa y de pies a cabeza, pero la sangre que le corría por sus venas era dominicana. ¡Qué orgullo para unos padres oir a su hijo expresarse así!

Regresamos a Puerto Rico el lunes en la mañana. Sabíamos que había que tomar una rápida decisión con respecto a la candidatura y a mi hijo, pero no sabíamos cómo. Le pedí consejo y asesoramiento a los muchachos del jefe. Los dos apoyaron sin pensarlo la idea de que

HENRY FIGUEROA

fuera mi hijo quién me sustituyera porque los muchachos también tenían conciencia social y sabían que el trabajo que yo había comenzado, mi hijo lo seguiría igual. Y entonces de esa reunión surgió la idea de conseguir un profesional que fungiera como Director Ejecutivo de la Fundación que se encargara de correr el día a día de la misma, pero siguiendo las órdenes y directrices de una Junta de Directores que dictaría las pautas. Me hizo sentido la recomendación. Obviamente había que irla afinando, pero pudiera ser una buena manera de matar dos pájaros de un tiro.

Invité a mi hijo a almorzar al ya icónico restaurante donde me invitó mi jefe a contarme la historia de su vida y que se había convertido en el lugar de las grandes noticias. Como vivíamos cerca lo recogí en su casa y fuimos a almorzar. Con el jefe también aprendí a no darle mucha vuelta a las cosas y casi tan pronto llegamos al lugar le abordé el tema. Fuí muy breve ... le hice saber el consenso de los líderes comunitarios y su decisión de que era él o nadie para sustituirme en mi posición. De igual manera le confirmé que tanto su madre como yo lo apoyábamos y lo admirábamos y también le comenté de la idea de los muchachos y la Junta de Directores.

Mi hijo de momento no habló, sólo escuchó. Ya más tarde y luego de par de botellas de vino y de una conversación como la que tienen un padre y un hijo que se quieren mucho y se llevan bien, me hizo saber lo importante que era para él la Fundación al extremo de que se sacrificaba económicamente a cambio de la satisfacción que derivaba por su servicio a los necesitados.

Yo por el contrario le comenté que precisamente por ese interés tan grande que él sentía por su servicio comunitario es que debería aceptar sustituirme porque si nos quedábamos sin esa voz de poder en la legislatura, los recursos que se conseguían para el funcionamiento de la Fundación se perderían. Finalmente él me dijo que aceptaba siempre y cuando la Junta de Directores fuera presidida por él para así tras bastidores el seguir dirigiéndola y que el resto de los directores fuéramos el "alcalde", sus dos "hermanos" y yo Me pareció bien y ya con el asunto resuelto era cuestión de comenzar nuevamente un proceso que ya sabíamos como hacer. Ya de despedida le indique también a mi hijo y ahora candidato, que por cuestiones éticas y morales, yo no participaría visiblemente en su campaña.

~

Recibí un buen día una extraña llamada telefónica de mi hermano requiriendo mi presencia urgente en Cotuí para atender un asunto impostergable. Me fui con mi esposa porque presentía algo malo. Y no me equivoqué, al llegar mi padre ya muy viejito y enfermo, agonizaba. Toda la familia estaba a su lado y como si solo esperara por mí, tan pronto llegué a su lado, falleció. Y nuevamente experimenté aquella tristeza y aquel dolor que había pasado con la muerte del jefe. Y fue algo extraño porque el viejo prácticamente fue un desconocido para mi por circunstancias de la vida y no por rechazo ni abandono. Sentía un gran amor y respeto por el viejo y no pude evitar demostrarlo. La vieja igual estaba viejita pero aún estaba dura y yo tenía la tranquilidad de que todos mis hermanos estaban allí con ella y la cuidarían y atenderían.

Nos quedamos varios días con la familia y ya estando allí aprovechamos y fuimos también a ver a los suegros. No podía ocultar mi pena pero tenía necesidad de aceptarla y regresar a culminar mi compromiso cameral y entregar a mi hijo todo en orden.

~

La sesión legislativa terminó y así también mi historia en ella. Como una muy grata sorpresa, fui objeto de un homenaje y reconocimiento por mi labor legislativa de ocho años que culminaba ese día. Toda mi familia y allegados a mi precinto habían sido invitados a una actividad que me llenó de gran orgullo y que con gran humildad acepté con el consabido dolor de barriga y las lágrimas de emoción. Me iba en paz y con mi frente en alto sabiendo que salía sin manchas ni señalamientos de la legislatura. Ahora comenzaba, a mis sesenta y cinco años, una nueva etapa en mi vida que muy bien podría ser la última.

~

El día de las elecciones llegó y el ritual al cual nos habíamos acostumbrado se cumplió nuevamente. Mi hijo ganó cómodamente su escaño, inclusive con más apoyo del que yo había recibido en mis dos elecciones. Estaba seguro que nuestra comunidad estaría muy bien representada, creo que hasta mejor que conmigo, porque mi hijo tenía una energía y un compromiso mayor que el que tuve yo. Me sentía complacido y usando una palabra que se ha convertido en común, pero que está mal dicha, me sentía realizado … y es que cuando un hijo sale mejor que un padre, entonces el padre cumplió con su labor.

La fiesta y las actividades de su triunfo fueron similares a las mías aunque con más participación y más entusiasmo. ¡Qué alegría para mi mujer y para mí! Toda la familia estaba presente incluyendo a mi hija con su marido y los niños. También se integraron los muchachos del jefe con sus familias y que ya siendo ellos miembros de la Junta de la Fundación también eran parte de la comunidad.

Para la juramentación a su escaño cameral nuevamente le acompañamos todos. ¡Qué recuerdos vinieron a mi mente de todos esos momento que viví allí y que muchas muestras de cariño y respeto tuvieron los antiguos colegas hacia mi persona y mi familia! Me vino de recuerdo el día de la graduación de los muchachos en el Teatro de la Universidad que me hizo recordar la mía propia.

Una vez terminada la actividad de juramentación invité a los presentes a almorzar. Era un día especial que compartiríamos en familia y disfrutaríamos juntos, como hacía algún tiempo no podíamos hacer. Fuimos al ya regular restaurante de las 'noticias' y una vez entramos en materia, con la misma tranquilidad pasmosa que tanto le admiré al jefe, les anuncié a todos que la vieja y yo nos mudábamos a Santo Domingo ...

XVI

Aunque no habíamos discutido formalmente lo de la mudanza a Santo Domingo, mi esposa y yo, ambos en ocasiones diferentes y en conversaciones entre nosotros, habíamos expresado el deseo de hacerlo. El apartamento de Monteflores lo mantendríamos y en la República Dominicana teníamos nuestro apartamentito en la capital que sería nuestra residencia principal y además las casas de los viejos, tanto en Cotuí como en El Seibo. Quiere decir que al menos por lugar donde dormir no nos podíamos quejar.

La experiencia de nuestra relocalización nos creaba sentimientos y sensaciones diversas. Por un lado mi mujer y yo prácticamente nos criamos en Puerto Rico. Nuestras costumbres, nuestras amistades, nuestros hijos y nietos y sobre todo nuestras vivencias eran de Puerto Rico. No negamos que para los efectos prácticos y por lo que sentimos SOMOS puertorriqueños. Por eso nunca nos podremos desvincular de este país que amamos tanto y que deberíamos llamar nuestra patria.

Por otro lado está la República Dominicana. Aquí nacimos y aquí están nuestros padres y en mi caso también mis hermanos. Es un país que prácticamente no conocemos. Inclusive lo conocemos más por nuestra relación con los criollos de Barrio Obrero que por nuestras vivencias. Pero hay algo que es innegable y es que como nos dijo nuestro hijo, la sangre que corre por nuestras venas es dominicana y la sangre pesa más que el agua. Y en última instancia y para ser prácticos, que carajo importa de donde seamos ¡si no hay nada malo con tener dos patrias!

~

Lo primero que hicimos fue comprarnos un carrito; una yipeta. Con ella comenzaríamos un programa de viajes al interior para ir conociendo nuestro país. Para ambos era una novedad y tenemos que admitir que éramos turistas en nuestra propia tierra. Pero así fuimos conociendo este maravilloso país que es el nuestro y también fuimos entendiendo por qué somos como somos y cómo es que todavía incide en nuestro comportamiento sociológico el Trujillismo, la invasión americana y la *revolución del sesenta y cinco.*

A Puerto Rico seguíamos yendo al menos una vez cada dos meses. Ahí estaban nuestros hijos y nietos y unas amistades que valoramos como si fueran nuestra verdadera familia. Hemos seguido muy de cerca la carrera política de nuestro hijo y reconozco con gran orgullo que es mejor que yo, porque esa dedicación e incansable trabajo por los marginados de nuestra patria es su razón de existir. Qué pena que todo lo que hace y ha hecho no sea aquí en en esta bendita tierra que es donde más falta hace.

Pero lo mismo puedo decir yo que me pasó a mi. Lo que hice y logré fue allá igual que él ... ese era mi destino. Y entonces, en esos periodos de reflexión y análisis retrospectivo que tenemos los que llegamos a mi edad me pregunto si cada cual no tiene su proyecto en la vida y que el mío fue ayudar a mis compatriotas que tuvieron que abandonar nuestro país como también lo hice yo. Y esa misión fue la que dictó en mi, sin yo saberlo, el Coronel Caamaño y la gesta patriótica más importante de mi patria .... *La Revolución del sesenta y cinco.*

febrero 2014
Santo Domingo, R.D.
Guavate, P.R.